U0138033

胡成 著

榆林道

上海文艺出版社
Shanghai Literature & Art Publishing House

后浪

图书在版编目（CIP）数据

榆林道 / 胡成著 . –– 上海：上海文艺出版社，
2022（2022.8 重印）
ISBN 978-7-5321-8301-2
Ⅰ . ①榆… Ⅱ . ①胡… Ⅲ . ①散文集－中国－当代
Ⅳ . ① I267
中国版本图书馆 CIP 数据核字 (2022) 第 028925 号

发 行 人：毕　胜
选题策划：后浪出版公司
出版统筹：吴兴元
编辑统筹：梅天明　宋希於
特约编辑：宋希於
责任编辑：肖海鸥
装帧制造：墨白空间·李　易
营销推广：ONEBOOK

书　　名：榆林道
作　　者：胡　成
出　　版：上海世纪出版集团 上海文艺出版社
地　　址：上海市闵行区号景路 159 弄 A 座 2 楼 201101
发　　行：上海文艺出版社发行中心发行
　　　　　上海市闵行区号景路 159 弄 A 座 2 楼 206 室 201101 www.ewen.co
印　　刷：鸿博昊天科技有限公司
开　　本：889 × 1194　1/32
印　　张：9.25
字　　数：170 千字
印　　次：2022 年 6 月第 1 版　2022 年 8 月第 3 次印刷
I S B N：978-7-5321-8301-2/I.6555
定　　价：58.00 元

献给我的爷爷奶奶

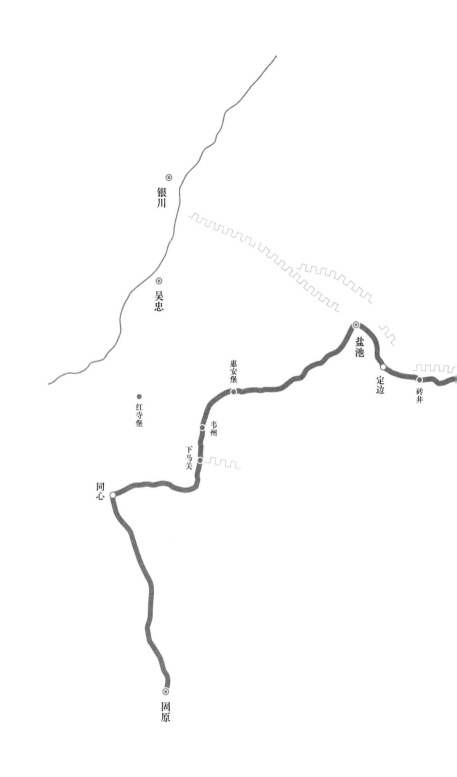

银川

吴忠

红寺堡

惠安堡

韦州

下马关

同心

固原

盐池

定边

砖井

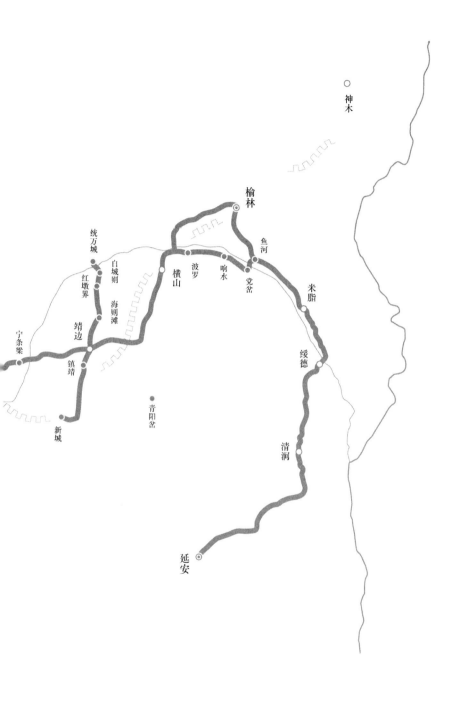

神木

榆林

鱼河

统万城

白城则
红墩界
海则滩
波罗
横山
响水
党岔

米脂

靖边

绥德

宁条梁
镇靖

新城

青阳岔

清涧

延安

目录

开往延安的 K322 次列车晚点了。

滞留西安数日，挨到周一启程，想象也许车马寥落，火车站却是人喧马啸，尤其 K322 次检票的 1 号候车室，杂乱无章的三四列队伍已然外溢进站大厅。

北过延安之后，K322 次由靖边折向西行，经定边沿边墙抵达银川。实在没有料到，乍入四月的周一，会有那么多人搭乘这趟列车北上西去。

原定发车时间十点半，同候车室十点三十六开往安康的 K5456 次检票结束，K322 次依然杳无音信。没有人解释，没有人通知，旅客开始焦躁，前方的任何风声鹤唳，都会让后方草木皆兵，不明所以的旅客提起行李推搡向前，不断压缩队伍，仿佛不断上紧发条。

列车曾是我们最为紧缺的交通资源，一票难求也曾是长期伴随我们的创伤记忆。毕业初去北京工作，逢年过节回家，只有两趟全程十六小时的夜车，遑论卧铺，硬座我也几乎从未买到。只有站票，站在超员到难以落足的车厢内，会有窒息的濒死感，总是想在下一站逃下车去，却也总是坚持到最后。

离开家去北京的那年，正月十一，爷爷去世。

从小和爷爷、奶奶一起长大，后来搬进爷爷单位分配的一栋家属楼的二楼，很小的一套三居室，我们仨各住一间。因为年轻时彼此及家庭的种种矛盾——归根到底还是因为贫穷——爷爷、奶奶龃龉一生，从我记事起，他们就分床分房而居，日常争吵不休。

爷爷是突然中风的，病情危重，缓解以后，右侧身体完全瘫痪。他的体格魁梧，一生坚持锻炼，每天晨跑，自恃强壮，却轻忽了家族遗传的高血压。忽然病倒，懊恼、沮丧、焦躁，甚至还有羞愧，不愿意见人，不愿意出门锻炼。只有奶奶陪着他，照顾他。

奶奶后来提起，有天爷爷和她说："等我好了，帮你洗洗碗。"

却再没能好起来。十二月的冬夜，爷爷第三次中风，开颅手术之后，始终昏迷。转过年来的正月十一，他走了，没有留下一句话。

出殡的那天，奶奶号啕大哭，她说爷爷再也看不到我未来的人生，结婚生子，他都看不到了。

生活平复下来，奶奶时常还会说起过去的那些矛盾与争吵，与其说仍有愤恨，不如说是成为老人的絮叨。每年开春，奶奶会托人买些金银箔纸，安静的下午，坐在窗边的桌边折些纸元宝，用缝纫的白线穿成串儿，挂在爷爷屋里的晾衣杆上。

等到清明，取下来，带上山，烧给爷爷。

大约就在那些日子，奶奶偶尔会说，从来没有梦见过爷爷，不知道是不是还在生她的气。

爷爷走后的秋天，我去了遥远的北京。

我是今天才忽然意识到这很残忍，只留奶奶一个人在家，守着空空荡荡的屋子。也许是我太过懦弱，不愿意承认或者刻意忽略自己的残忍，基于愧疚的弥补，就是每逢节假都会回家，哪怕只有一张该死的站票。

但是那些该死的站票也让我有同样的创伤记忆，生怕买不到票，生怕赶不上车，于是也和其他旅客一起向前，上紧发条。

距离发车时间仅剩五分钟，显示屏的"候车"改为"正在检票"，旅客蜂拥向前，检票口乱作一团，维持秩序的工作人员声嘶力竭地呼号。好像记忆中的创伤不是一票难求，而是食不果腹，赶车如同逃难，站台兵荒马乱。

　　硬座车厢远离检票口，拖家带口、行囊沉重的难民裹挟着我向前。旅客从车厢两端同时上车，狭路相逢，彼此缠斗，争抢必将属于自己的座位，争抢并不紧张的行李架。终于落座，惊魂平定，出汗、喘息，掏出水杯与方便面。

　　列车出站，晚点儿分钟。

　　挺身在前，开辟道路的啤酒饮料矿泉水、花生瓜子火腿肠拽着满脸不情不愿的售货员如约而至，他们机械而有规律，仿佛即便列车空无一人地泊在站场，他们也会无休止地往复叫卖。

　　"卖小孩……"，拖着长音的中年女售货员语出惊人，引得半车旅客循声打望，这才续上后半句"……的玩具喽"。打望的旅客会心而笑，心情大好的老夫妇不由想起家中的璋瓦，应景询价。女售货员不慌不忙地拣起个音乐陀螺，亲自示范："这个原价二十呢，现在十块钱一个。"

　　"确实不贵。"坐我对面的老汉悄声说道，他刚花十块钱买下两盒包装可疑的伤湿祛痛膏。老汉一口川音，七十多岁年纪，长眉向两翼展翅，仿佛年老还乡的张飞或者李逵。难得头发还好，虽然稀疏，发际线却低过很多头发中道崩殂的年轻人。

　　老汉的同伴没有老汉不渝的头发，是他难以接受的人生改变，于是倔强地把右侧头发分几绺梳在头顶，这样起码正面看起来额头还有一道欲盖弥彰的发际线，仿佛天边若有若无的海潮。但是他始终低头看着手机，于是头顶正对着我，看起来像是一个蚕头燕尾的隶书"三"，以至我不断想起小时候临摹的《张迁碑》与《曹全碑》——毕竟随着列车震动，笔画间距与波磔总会有些变动。

老汉来自成渝两地之间的遂宁，与过往的同事结伴旅行。已是春末，温暖而有浅浅的夏意。老汉穿着棉鞋与羽绒服，显然出门已久。车厢燥热，脱下羽绒服，贴身的白衬衫已有日久未洗的污渍。

搭乘 K322 次列车，老汉与我的目的地同为延安，然后我向西北，他向东北。对于旅行，老汉有着异乎寻常的热情，和我说起他最近几年去过西藏，去过欧洲，在七八个国家之间奔波，"太紧张喽"。

"趁着现在还能走得动，各地走走看看。"

老汉给我看他们来路的照片，武汉长江大桥的轮廓忽闪而过。

爷爷也有张在武汉长江大桥的黑白照片，左下角白字落款："六五年十月留影"。

一九六五年，三十七岁的他站在江畔引桥下，昂首眺望远方，腰杆笔直。短发，白衬衫，挽起袖口，露出左手腕的手表。深色毛线背心，深色裤子，一双低帮的白色帆布球鞋，

爷爷

仿佛后来他每天晨跑的模样，以至于我从小就误会背景只是一座离家不远的铁路桥。

爷爷宝贝地把照片夹在他屋里正衣冠的镜子背后，那是他最早的一张留影，那是他的青春纪念。可是我却从来没有问过他，那年为何去到武汉。可能是出差吧？可能是学习吧？无论如何，不会是旅行。

爷爷七十一年的人生，大约没有过任何一次旅行。

车出西安，关中的土地有昂扬的生机，翠绿的麦田，不时夹杂几垄明黄花儿的油菜，垄畔沉静的青草、紫花的苜蓿，以及伫立田间地头、房前屋后缀满白紫色花儿的泡桐树。

三月朔，清明方过，谷雨未至，立夏还早。

气候越来越暖，原本家里也要初夏才有的泡桐花，如今在向西北的黄土塬上，暮春也见。

家里的泡桐树，生在平房的西南角。搬进楼房前，童年的家，一条窄巷西口第一户。一明两暗三开间的红砖瓦房，坐北朝南，围起一进院子。四世同堂，东西两暗间不够居住，于是又在西暗间前建出一间平房。平房半间坐在院内，半间坐在巷口的空场，院墙只需一道，西接平房东山墙，东接东户人家的西山墙。

我和爷爷、奶奶住在平房。他们分床，一东一西。

我记事的时候，那棵泡桐树已经长得很高大，树冠掠过平房房顶，挑入院内。夏天的清晨，院里总有自泡桐叶上以细丝垂下的蓑蛾幼虫——我们俗呼之为"吊死鬼"——裹着树叶碎片缠绕的蓑囊，高高低低，大大小小。摘下来，撕碎蓑囊，揪出黑胖的蚕似的幼虫，奶奶养的鸡围在脚边，翘首以盼它们肥美的早餐。

北房门旁，一株种在水缸中的栀子花，是夏天的满院清香。

傍晚，堂屋的方桌搬进院子，摆在栀子花前。

我总记得晚饭的米粥、馒头、咸菜与咸鸭蛋，三十多年过去，仍如在眼前。

并且总是俯瞰的视角，总能看见倒映在粥面的我的面孔。

绥
德

因为新建延安汽车南站，延安汽车站沉寂于东关大街路南，喧嚣与清冷一墙之隔，有如密封旧日时光的博物馆。高大而空旷，通往二层的楼梯封死，没有窗，暗无天日，以至需要支起强光的探灯。

候车大厅摆满收费的按摩座椅，仿佛无休止循环黑白默片的影院。银幕是几排玻璃货柜，两三个售票员聚在一处闲聊，蒸着苞谷的电饭锅慵懒地哈着热气，氤氲而上，然后消散于空旷。

东边售票窗口上方是八十年代的马赛克风景画，落款隐匿在昏暗的角落。只开着一扇售票窗口，女售票员放下手机，告诉我八点半发往绥德的客车票价，"五十块五毛"。基于我对陕西的熟悉，知道五毛的零头来自站务费，而且包含保险。

"不要保险。"递进去一张百元纸币，我迫切地想把宾馆用现金退还的押金花出去。果然，递出来的找零是五十块五毛——保险一块钱。

发往绥德的客车停在站场临近出站口的角落，偏僻的位置与上午间隔两小时才有一班的排次，可知并没有太多旅客由延安去往榆林市辖的绥德。

车上老老实实在售票窗口买票的只有我和一个戴眼镜的女孩，其他旅客熟门熟路地由出站口进站，仿佛非此不足以体现本地人的优越。一个缺了门牙的老汉站在过道，用土语反复询问我什么问题，旁边的年轻女人代为翻译，是问我售票窗口的票价。他与座位上的几位婆姨一致认为在车上购票能够便宜一些，看来我误解了他们不由候车大厅进站的理由。

可惜，车上售票的并非司机，唇上留着短髭，棕黑精瘦的车站售票员上车，票价别无二致，甚至五毛零头的站务费也分文不少。老汉与婆姨的失望溢于言表，司机解释，"要票站上买，不要票车上买"，意思是车上买票有着"不要票"这么令人心动的优势。这样的解释显然不能令老汉与婆姨满意，甚至不能令我满意，为防疫与安全而设置的实名制购票成为空谈，成为只有老实人遵守的笑话。

司机短发黑面，退回车门，裤兜里掏出一团卫生纸，打开，包着细碎的花茶。挑拣出仍然成形的茶叶与花瓣，焖进他的保温杯，余下的团好，塞回口袋。跟车的女人签完发车单，小跑过来，难为她红色的高跟鞋。红色的呢料大衣，红色的小挎包，上车盯紧售票员，轮廓斩钉截铁，不苟的眉毛，不怒自威。

　　讨价还价与绝不二价的售票结束，已经晚点十分钟。车刚启动，坐在车尾的老汉惊呼一声："绥德卖五十块钱，这车太贵了！"听得出来，他很心疼。"这车太贵了！"他反复念叨着，看见售票员将要下车，他忽然喊道："我到清涧，我不到绥德！"售票员表示不曾听错。"啥时候说到绥德？"老汉辩解，婆姨都笑了起来，小声嘀咕："老汉上车就说到绥德。"不过貌似凶悍的售票员却很好说话，赔着笑说没关系，然后数出十六块钱退给老汉。

　　客车终于出站，老汉掏出怀中的纸钞，把十六块钱大小有序地插进去，装起来，踏实坐定，跷起了腿。

　　照例，城内不断揽客，停停走走。熟悉客车线路与时刻的本地人，经由候车大厅入站尚且勉为其难，搭车去到汽车站坐车更是不可思议，于是街头巷尾所有翘首以盼的路人，都是客车司乘必须停车问询的对象。终于在渐无人烟的国道全速向前，晚点已逾一个小时。

　　延河两岸，瘠土荒山。

　　没有旅客，又有货物。途经几处工厂货栈，路旁有等候的三轮，车上的货物发往不同地区，绥德的过来，司乘熟门熟路地下车拎起货物，塞进货舱，骑三轮的年轻人眼睛甚至没有离开手机。满载人货的客车，应着一句典雅的古话："贼不走空。"

本地的乘客也是司空见惯，安之若素地闲聊，喝水，吃饭，过日子。后排节省了十六块钱的老汉甚至抽起了烟。

甘谷驿镇唐坪村，前排半途上车的老汉下车，穿着洗旧的中山装，背手弯腰，没走出两步，忽然飘起了雪。

三月初二，暮春时节，忽然飘起了雪。

片刻之后，大雪弥漫山野。

"贵人出门雨水多"，如果此言不虚，我大概已入奢侈品的等级。去年初冬再走萧关道，行至长武，忽然大雪，然后无休无止的雪，连绵半月。这又遇雪，又是大雪。

我实在厌恶下雪，甚至憎恨。南方的雪，意味着难熬的寒冷，没有暖气，雪后室内气温会陡降至三摄氏度左右，"躲没头躲，藏没头藏"，这是我奶奶对于极寒酷暑的形容。

家里的老楼，设计有严重缺陷。客厅向北一道木门，通往开敞阳台连接的洗手间与厨房。洗手间与厨房，形同户外。无可奈何，每家每户自行封闭阳台，不过因为承重问题，只能以玻璃窗聊胜于无地隔断风雨，却隔不断寒暑。

冬天早起，挂在洗手间的毛巾冻成冰棍。于是融化毛巾成为洗脸的第一步骤，倒一盆新烧的开水，必须开水，毛巾立在盆中，看它沙塔塌陷般融在水中——水温恰好可用。

没有人会爱这样的冬天，没有人会爱这样的雪。

好在，暮春的雪不会迁延无休，千米的海拔渐低，雪势渐弱。翻过清涧九里山，雪已无踪，国道干燥，天光渐亮。及至绥德县境，与淮宁河蹒跚前行之时，又见阳光，温暖可爱的阳光。

雪中的清涧县城，下空大半车旅客，包括后排的老汉。他几次起身又坐下，终于决定在清涧汽车站前下车。站在路旁的雪中，又点起他的烟，茫然张望四周，不知道他确是只到清涧，还是要去寻比十六块钱更便宜的客车转往绥德？

戴眼镜的女孩忽然腾起，要求司机等她五分钟，不容司机的不情愿，冲进路旁的煎饼店。她的座位旁边已经放着一份煎饼，大约清涧的煎饼更加地道，所以会要再买一份，带回给绥德家里的谁。

清涧的煎饼与山东煎饼、天津煎饼迥然不同，是将荞麦浸透，搓揉出淀粉，煎饼鏊子上摊成薄饼，卷菜码肉码，蘸姜蒜汤汁同食。类似我爷爷以前最爱吃的水煎饼。

做法不同。我爷爷就是单纯爱吃面食，水煎饼大约是他自己的创造，白面擀成极薄的面饼，上笼屉隔水蒸熟，大蒜青椒在蒜臼里以白杵捣碎成泥，卷些菜码蘸蒜泥，或者索性只卷蒜泥，他也能吃得不亦乐乎。

爷爷离开得太早，那会儿家庭既不富裕，市场也没有太多花色的吃食，所以终其一生他也并没有吃过什么太好的食物。零食，他最爱的就是桃酥。商贩自制的桃酥，称二斤回来，存进他床头的铁皮饼干桶。吃得慢，桃酥渐染陈油旧脂特有的哈喇味儿。但是对于他而言，那仍是最好的零食，有时候他会招手让我过去，与他分享桃酥，我知嫌弃那股哈喇味儿，很少问津——也许是最好的食物都留给了我，"嘴吃刁了"。

爷爷去世以后，我再也没有吃过桃酥。那些烤得金黄、泛着新鲜脂香的桃酥，让我伤心。

绥德，古绥州，入清雍正三年（1725）升为直隶州，辖清涧、米脂二县。

初入绥德县境的淮宁河，注入无定河。溯流向北，无定河上游，另有支流大理河注入，古绥德州城即修筑于大理河与无定河交汇之处。

依山傍水，因地筑就的绥德州城颇不规整。东、西、北三侧城垣跨山而建，南门平地砌筑，城开四门，东为"镇定门"，西为"银川门"，北为"永乐门"，南为"安远门"。

疏属山屹立州城东北，嵯峨山对峙东南，山顶筑有巽地楼，为绥德之巅。出西门，即入大理河谷地，回首仰望州城，州城西垣凌于半空。陕北旧有俗谚，"铜吴堡，铁葭州，生铁铸的绥德州"，绥德之固，何止铁铸？凭河恃崖，望之兴叹。

崖壁之上，有丈方大字，"天下名州"，上款"大清道光二十八年六月吉日"，下款"知州事江士松书"。可惜"州"字与落款并非摩崖而是砖雕，显系拼接，原刻已在一九五六年炸碎成为铺路的碎石，今为一九八三年的续貂之作，僵硬呆板，气韵迥异。

前年开发旅游，疏属山巅，"陕西绥德汉画像石馆"与"扶苏墓"正在扫尾施工。

扶苏（约前242～前210），秦始皇帝（前259～前210）长子。"始皇有二十余子，长子扶苏以数直谏上，上使监兵上郡，蒙恬为将。"上郡，秦初三十六郡之一，郡治肤施，约即在今绥德县城。

始皇三十七年（前210）冬，始皇帝巡幸天下，行至沙丘（今河北广宗西北），"病甚，令赵高为书赐公子扶苏曰：'以兵属蒙恬，与丧会咸阳而葬。'"

诏书尚未发出，始皇帝崩。兼行符玺令事，管事二十余年的中车府令赵高（？～前207）与丞相李斯（？～前208）因惧扶苏贤能，谋立始皇帝少子胡亥（前230～前207）为二世皇帝，并矫诏上郡："扶苏为人子不孝，其赐剑以自裁。将军恬与扶苏居外，不匡正，宜知其谋，为人臣不忠，其赐死，以兵属裨将王离。"

这段国人耳熟能详的故事，载于《史记》卷八十七《李斯列传》，史称"沙丘之变"。

彼时蒙恬（？～前210）尚有疑窦："安知其非诈？"并劝扶苏，"请复请，复请而后死，未暮也"。然而扶苏却谓蒙恬："父而赐子死，尚安复请？"加之使者催促，即自刭于军前，从此成为迢远上郡的一抔丘土。

明万历戊戌科（二十六年，1598）进士、陕西提学副使祁光宗（伯裕）所撰《关中陵墓志》，书末最后一则，"秦扶苏墓"：

> 秦扶苏墓有四，一在临潼县药水村，一在平凉府东，一在宁州西，一在绥德州城中。
>
> 按：绥德古上郡，扶苏监蒙恬军处，赐死葬绥德，地有呜咽泉，当是。又有蒙恬墓在州城西南一里。

世事谁又能料？三年之后，望夷宫之变，赵高故技重施，又逼胡亥自尽，以庶民之礼葬于杜南宜春苑（今西安曲江）。

秦二世亡，秦二世而亡。

十几年前我去胡亥墓时，西安东南的曲江新区尚未开发，僻处其间的秦二世陵，破败不堪，人迹罕至。阍者枯坐门后，手捧一张不知哪朝哪世的报纸，神思已不知在何处何地。脚旁土灶，坐壶温吞的热水。墁地的机制红砖，褪尽烟火，遍生苔痕。

正殿一间，殿前石阶残破，殿内凌乱不堪，散摆些尘蒙寸许的木偶，演绎指鹿为马的故事。秦二世陵冢在殿后，除却乾隆四十一年（1776）陕西巡抚毕沅（秋帆，1730～1797）隶书"秦二世皇帝陵"题名碑一通，再无他物。

秦二世陵规制又卑，荒芜又久，究竟是否为胡亥埋骨之地，大可存疑。加之历代盗墓又盛，纵然确是，坟中定也早成虚无。

陕甘两地，扶苏墓有四，祁光宗以绥德为古上郡，故认绥德扶苏墓"当是"，未免也难凭信。其实无论宜春苑的二世陵，还是疏属山的扶苏墓，伫立丘土之前，三五步间，却有两千余载岁月横亘，足以令一切真相模糊难辨的漫长岁月，那年沙丘如何？那岁上郡如何？谁又可以确知？谁也无法确知。

正如若是扶苏为二世，若是蒙恬为将军，秦可几世？国祚几何？

绥德州城北门永乐门筑于疏属山北麓，由疏属山下坡出北门，皆称北门坡。

北门坡住定，已是下午三点，邻近宾馆的汽车站旁，还有正在营业的名州名食，羊杂碎与油旋。

店内临街的墙角支着烤炉与案板，身强力壮的老板当案而立。案上一盆生面粉，一盆葱花椒盐，右手边大块醒好的面团，左手边一大盆色如琥珀的熟猪油。

大块的面团，老板需要耸动身体，全身发力，才能揉开和匀。揪出拳头大小的面剂，擀出长圆形的饼坯，撒上葱花椒盐，左手压住饼坯，右手拈起坯边抻长抻薄，就势卷起，团在掌心。腾出左手，四指蘸出猪油，涂于新抻开的坯面，然后右手重复抻卷，直到饼坯如卷纸般团起，立定压扁，再蘸猪油上鏊，两面翻烙。待见火色，码入炉圈烘烤，三两分钟，饼皮即是焦黄酥脆，吹弹可破。

我和老板说，倒是很像东府大荔的千层酥饼。本以为老板可能会基于地域自信予以否定，没想到他却满不在意："嗨，就是一回事，换了个名字。"

相似的脂油与面粉，确也难有迥异他乡的吃法，何况关中与陕北，本不遥远。

烤得的油旋，齐整码入老板身边的筐箩，一天过午，箩底已如春雨后的落花般铺满酥皮碎屑。就着油旋筐箩顺摆一张长桌，老板娘立在桌后招呼客人。桌上一张切菜板，一台电子秤，右手边是酥皮碎屑打底的油旋筐箩，两口保温的电热锅，分别热着绥德油旋非此即彼的夹肉，驴板肠与猪头肉。

拈起一只油旋，一刀剖开，肉锅里拣出合适的分量的板肠或头肉，菜板上砟碎，夹入饼心，再浇上半勺肉汤，饼酥肉烂，脂滑香浓。

板肠与头肉也可以单切上称约，头肉四十五块钱一斤，板肠七十，价格不输延安的羊肉。

昨晚在延安想吃一碗黄米饭。不论主营黄米饭、抿节、碗饦还是饸饹的饭店，都有羊肉在售，大约六七十块钱一碗——一小碗而已。

黄米饭、抿节之类杂粮杂面制作的主食，才是陕北真正的特产，曾经百姓赖以为生的，唯有瘠上荒山间辛苦求得的淀粉。羊肉是吃不起的，即使现在，六七十一碗，也不是大多百姓的日常吃食。不过高价的羊肉总是要有的，毕竟百姓可以偶尔消费，毕竟还有朝圣的游客。

退而求其次，羊杂碎，倒是可以时常问津。不过八块钱一碗的价格，羊杂碎只是点缀，切得极细的羊肚羊血，配上大量的粉条，以及点睛的油泼辣子。归根到底，吃的不是代肉的杂碎，而是管饱的粉条，因此滋味难免寡淡，不值一提了。

见我兴致盎然，老板娘说你应当冬天的早晨来吃，比如去年阻雪的萧关道，"十几二十个油旋切出来，冒着热气，那才好看。"

我没见过，可那场景却蓦然呈现。六点半开门，天光未亮，刮着风，飘着雪，食客鼓勇出门，冲进店内，滚烫的羊杂汤，一刀剖开瓢里腾出热气的油旋，汤汁翻滚的板肠与头肉，空气中氤氲着酽到化不开的饼香与肉香。

纵然风雪，渐也温存。

北门坡进北门，一道窄路，径向东南。高耸的绥德州城，阻得了胡兵胡马，却阻不了大理河与无定河的寒风。寒风纵身跃过城垣，四野掩杀而来。

离家时二十四度，为防陕北天气的无常，特意带了能耐春寒的衣裳，却不料一夜入冬，气温陡降至零下二度，而且清晨阴沉，乍出宾馆，城下的寒风险些将我扑倒。

汽车站旁三块钱买了只油旋，时间还早，小饭馆里没有食客，油旋和老板一样无精打采。驴板肠与猪头肉也没有卤好，一枚素饼，两件薄衣，犹如老军瘦马，怎敌四野风寒？

永乐门与疏属山，如今作为绥德县疏属山文化旅游景区加以开发。除在疏属山巅建起绥德汉画像石馆与扶苏墓，并将疏属山麓浓郁陕北风格的青砖拱券黄土窑，全部贴上千篇一律的厕所灰色仿古墙面砖，身在绥德却不知此地何地，与充斥全国的人造古镇别无二致。

百年的青砖依然严丝合缝，三两年的仿古墙面砖却已开裂剥落。

败尽兴致，再向东南，直到走过现为绥德实验中学的民国陕西省立第四师范学校旧址，令人厌倦的仿古墙面砖才告

东门墕 10 号 2021

结束，黄土青砖的绥德州城回归视野。可惜为旅游开发投入的资金，太多浪费在仿古墙面砖，而真正需要保护的古建筑，比如路东三进的东门塝10号，二进院落的南厢却成危房。

东门塝，"塝"是陕北特有的地名用字之一。民国三十三年（1944）榆林松涛斋铅印本《米脂县志》，卷四"风俗志"，单有"方言"一节，罗列并解释了陕北常见的地名用字。

圪塔：山崖之拐角处。

圪陀：地中大凹形。

圪楞：山坡多有之状，如台阶。

圪垯：山峰之圆者，亦曰"圪塔"。又凡物凸起皆称圪垯。

圪峁：山岗之小者。

坪：山下临河处之平地，故曰河坪。

塝：两山相接连处，每有小径相通。

圳：山之低下处，或坡，度即"洼"字。

硷：临河两岸之高处，土曰土硷，石曰石硷。

岔：两山之分处。

墕：背山面水之村舍。

窑：甃砖石作洞曰窑，亦有依山作土窑者，陶穴之遗也。

坑：砌土石为状，中有洞，可引烟火，故又曰炕。

圪台：即台阶，有土有石，亦有砖砌成者。

圪梁：山脊之长者，又物之凸起而长者亦云然。

垴崄：山之过峡处。

礧：音罗，去声。叠石方丈高五尺为一礧，物加物亦曰礧。

由是可知，东门塄，地在两山相接连处。两山，一为北来的疏属山，一为南去的钟楼山。

——光绪三十一年（1905）刻本《绥德州志》，卷一"地理志·山川""鱼头山"条："鱼头山在城北，有永乐门，皆疏属别峰。"可知北门所在本名鱼头山，而疏属山为绥德州城诸山合称，如今混乱，不闻鱼头山，疏属山多也仅指原鱼头山区域。

两山之间，有坡度陡峭向东下山的窄路，窄路左右名为"顾家圪崂"。作为陕北地名的"圪"，皆读"戈"音。"顾家圪崂"，也即初为顾姓聚居的山崖拐角处。

顾家圪崂坡顶，一座"龙章褒异"三门四柱五楼石构牌坊，曾遭严重破坏，浮雕人物鸟兽大多残损，近年虽有补修，怎奈新工粗疏拙劣，与旧迹势同水火，格格不入。

龙章褒异坊，东面平板坊刻"嘉靖辛酉举人诰赠中宪大夫湖广汉阳府知府马于乾之坊"，落款"雍正十年岁次壬子蒲月"——"岁次"之"岁",补刻误为"岚";西面平板坊刻"敕封中宪大夫湖广汉阳府知府马于乾妻安人张氏贞节坊",落款"五世孙挥、撎、授宪仝立"。

由乾隆四十九年（1784）《绥德州直隶州志》卷五"人事门"可知,马于乾马家,明末清初为绥德一时望族。马家仕途,始于马于乾祖父马璁,璁子汝骏、汝骥亦为官。马于乾为汝骥弟汝骍三子,嘉靖四十年（1561）举人,以其子汉阳府知府御丙赠汉阳府知府。

马于乾虽中举人,却未得实授,只因父以子贵,得赠汉阳府知府。一生无有光辉宦迹,一生足迹甚至不远绥德州城,何以一百余载之后,雍正十年（1732）,其五世孙挥宪、撎宪、授宪兄弟三人忽为高祖父母竖立牌坊?

绥德州城过往流传民谚:"东门塌,进士巷,马家苦寡婆姨坊。"

想来马于乾早逝,其妻张氏守寡苦节。付诸贞珉,流传后世的终究不是马家父子的显贵,而是马家婆姨的节烈。

牌坊之下,绥德百姓过往如旧,四百余载只似在弹指间,不再有人会想到,竖立牌坊的是当年怎样的日日度之如年。

穿坊而过的窄路,几度弯转,下山即是东门坡。顾名思义,绥德州城东门"镇定门"即在东门坡上,至于究竟何处,本地百姓也是不明就里。

顾家圪坳 康老汉 2021

上东门坡，正对高低两排窑洞，行人需向北绕行。绕行弯折的一段窄路，北侧名为"北背圪"，南侧即可走上前排窑洞的窑顶——陕北称窑顶为"脑畔"——也是后排窑洞门前的院场。前排窑洞的烟囱恰在后排窑洞的门前，将近晌午，后家吃不着前家的汤面，却饱餐了前家的炊烟。

七十五岁的康老汉端着铜锅烟杆和一铁皮盒水烟丝站在脑畔边缘眺望东门坡。拈起一撮极细的水烟丝，不大的铜烟锅内塞紧，打火机凑近点燃，猛嘬几口，烟尽瘾过。

老汉并非绥德土著，家在清涧，却了然东门位置，据他指示，镇定门大约即在将近坡底的一根电线杆处。东门毁弃已久，或因人为，或因无定河水患，果是如此，镇定之门终也未能镇住无定之水。

老汉和婆姨生养了四个娃娃，两个闺女嫁在清涧，小小子在河南郑州，大小子在绥德，帮着河北老板收购羊绒，八月之后无绒可收，再做贩羊去广东的生意。老汉和婆姨跟着大小子来到绥德，一同租住在后排的两眼窑洞里，彼此照应方便。

他泛泛地指着无定河的方向，泛泛说道："小子的小子住在楼房里。"

北门坡也好，东门坡也好，皆需徒步上山，年轻人尚且喘息不定，何况老人？腿脚不好，大约只能困守家中。

康老汉穿着一双家做的黑色灯芯绒布鞋，下山着力，大脚趾已顶破了鞋尖。

清晨的阴冷并未持续太久，上午走过钟楼山，绕去巽地楼的路上，云散日出。四野寒风仍在，身上的温暖却似铁甲轻裘，寒风无奈，只得伴作和煦轻拂。

"龙章褒异"牌坊所在的顾家圪塆与东门塬十字，难得有片宽敞平地，东南角摆起一摊小卖部，西南角有老汉坐在路旁，拎两只白色涂料漆桶，一只当桌，支起案板，一只装满碗饦——荞麦面加水熬糊，入碗晾凉。下午，路人走得累了，坐在老汉身旁歇脚，再来一份碗饦充饥。老汉操起两块碗饦，案板上快刀切条，入碗，浇上装在另一只搪瓷盆内的麻辣肝子——猪肝切片，下菜籽油加葱姜蒜同炒，再上宽芡——路人托碗而食，就着和煦的寒风。

与疏属山相接连的钟楼山，因山上曾有钟楼。

钟楼乌有，钟楼之钟仍在，以所铸年代而名"大定钟"。光绪《绥德州志》卷一"地理志·古迹""大定钟"条：

> 大定钟，金大定二十年十月铸，悬治东钟楼。晨暮撞鸣，其声有紧慢各十八，不紧不慢又十八之节。

大定钟亭，与绥德县基督教会相邻。亭在教会院外，虽

钟楼山 大定钟 2021

为绥德县重点文物保护单位，却无人值守，无有监控。一如其他无有庇护的铁钟，可由钟下钻入的钟内刻画累累。

"李卓爱马雨欣。马雨欣，虽然我们现在不在一起，但我相信多年后我的妻子是你！我爱你！永远！"

大多是类似的唯心主义涂鸦，违背爱情常识的"永远"最为常见，忙不迭连用的感叹号诚恳到令人生疑。更有甚者，以硬物直接刻画。大定二十年，公元一一八〇年，至今八百四十一载，躲得过战火兵燹、朝代更迭，却躲不过附近孩子分泌的荷尔蒙。

钟楼山后，绕过一道圪梁，即是巽地楼。

　　嵯峨山有巽地楼（在治东南，属巽，故名。上祀文昌，为文星照耀之地）。

现在的巽地楼是五年前重建，三层重檐，耗资巨万，却楼门紧锁，既不予人观览，也不予己利用，空置嵯峨山巅。

巽地楼下，地名"杏树圪崂"。杏树圪崂临崖建有一座歇息的小亭，平日里老人闲坐，石栏太凉，全部仔细地裹上布套。

不得上巽地楼，此亭即是绥德州城最高处。

绥德州城，一览无余，唯有东城垣遮蔽无定河，却恰可透过楼宇缝隙，得见西门外的大理河。

山风复归凛冽，摇曳漫山遍野的白色野花。

来时路上，蹑脚闯进东门墕10号，听见三道门后，婆姨们打着麻将，阳光正好。

隔着山谷与巽地楼相望的中山巷，路旁有老汉晒着正好的阳光。忽然有女娃高声唤他回家，惊起消瘦的橘猫，走到崖畔打望。

我的右脚在西安扭伤，越来越痛，步履维艰。于是我也坐在路旁，脱下鞋袜揉脚。

老汉路过我，笑着回我的寒暄："多晒太阳好，补钙。"

米
脂

十一年前，八月初九，午后。

我坐在米脂县翔凤桥北的小饭馆，囫囵吞下一碗饸饹面。我始终记得桥头的喧嚣，卖碗饦的婆姨，打干炉的老汉，车辚马啸，尘土飞扬。

> 翔凤桥，在县城南扦卫门外，民国三年知事华钟毓筹款创建，未及兴工卸事去。继任阎廷杰、张骥等监修建筑。桥洞五眼，共费银三千余两。

翔凤桥的水，民国《米脂县志》"米脂县城平面全图"记作"南门河"，而光绪三十三年（1907）铅印本《米脂县志》"米脂县城图"则记作"金媛河"。米脂地方史志，更有"流金河""南河""东沟河""银河"等种种称谓，莫衷一是。

而在两朝《米脂县志》中，此河皆以"米脂水"为条目：

米脂水（一名流金河，一名南河），在县东南百步，西南流入无定河。

河流若以方位为名，便于理解城市格局，择其"南河"之名——米脂旧城，皆在南河北岸。

县城环山纪水，古名"毕家寨"，宋改建米脂城，金升为县，元因之。明洪武六年守御千户王纲修葺，即今上城地。成化五年知县陈贵拓东北隅，嘉靖二十五年知县丁让增筑东西关城，万历元年知县张仁覆复增筑。周五里三分，高二丈九尺，砖甃门三，跨门为楼，添置瓮城，东曰"拱极门"（今改为"迎旭"），南曰"化中门"，北曰"柔远门"，西角楼一（旧建方亭，国朝乾隆五十年邑绅士艾质明捐资改建层楼），敌台十二座，池深一丈、阔九尺，为今下城地。

民国《米脂县志》记载的三座城门名称，与光绪《米脂县志》有所不同：

东门题额，外曰"迎旭"，内曰"拱极"；南门，外曰"扞卫"，内曰"巩华"；北门，外曰"保障"（清同治六年知县张守基题），内曰"柔远"。

米脂城北门 2010

因为"环山纪水"，米脂城池因地制宜，主要建筑于南河河谷，北高而南低，东西长而南北狭，且格局颇不规则。所开三门，有北门而无西门。米脂城北倚大鱼山，山上毋庸开门；西临饮马河，门开于偏北临山河浅易渡之地，是故名为北门，实为西北门。西大街向西分为两岔，一路向南出南城垣，一路向北与西北走向的北大街交汇于柔远门前。且东、西两街南距南河仅数十步之遥，以故虽有南门，却无南大街。

清末民国，米脂旧城烟户密集，百姓不断徙居于南河之南，加之"地当孔道，行旅络绎"，逐渐"商栈丛集，闾阎杂居"，成为南关新城。纵贯其间的南关大街，现在改称南大街，不明就里的外乡人只凭街名想象，还会以为米脂曾有一座不合常理、南北跨河而筑的城池。

米脂旧城城垣，自上世纪五十年代渐次拆除，东门、南门、西角楼均已不存，唯有北门孑遗。

十一年前，北门内外题额皆无，而且北侧拱券之上重嵌一方砂岩"柔远"石匾。石匾无有上下款，无有剥泐痕迹，新作无疑。嵌于向北的外侧，也与民国《米脂县志》记载的"外曰'保障'"龃龉，不过究其字意，外柔远而内保障，加之一问本地耆老即可知题额位置，没有弄错的道理，所以料想应是民国县志误记。

再嵌新匾，必然源于十一年前柔远门上贴着的那张《米脂县窑洞古城北门维修、南门恢复工程设计方案招标公告》：

为了加强对米脂窑洞古城的保护、开发、利用，经县政府研究决定，编制《米脂县窑洞古城北门维修、南门恢复工程设计方案》。现面向省内进行公开招标。

……

三、项目名称：米脂县窑洞古城北门维修、南门恢复工程设计方案。

四、项目地址及概况：北门（柔远门）位于北大街北端，为米脂古城北门，明嘉靖二十五年（1546）修筑，是至今仅存的城门。城门用錾刻直条纹块石包砌，内用黄土夯筑，总面阔14米，总进深8.6米，高7.5米，门洞宽3.5米，占地120平方米。南北为拱券通道，北拱门额上石匾镌刻"柔远"二字。城门顶原建二层歇山楼阁，毁于二十世纪四十年代，后建硬山式城楼，2001年坍塌。

南门（化中门）原位于十字街南，原城楼早已拆毁，照片所见系新中国成立后修建，毁于20世纪60—70年代。目前南门只留下个街口，东西宽20.8米，南北长13米。

五、建筑风格要求：参照原来建筑风格（见资料照片米脂古城图、南门照片），要与窑洞古城整体建筑风貌融为一体。

……

十、有关投标费用结算

1、投标单位在参加投标过程中所需要的一切费用，不管是否中标，均由投标单位自行承担。招标方在任何情况下均无义务和责任承担项目有关费用。

2、工程投资估算价：北门 200 万元，南门 500 万元。其设计方案费按照国家有关规定和县情实际协商执行。中标方案确定后，招标单位与中标单位按程序履行相关手续。

……

初见公告，即知不妙。所附资料照片，不知翻拍于何时何地，影影绰绰，细节全无，如何可资"参照原来建筑风格"？果不其然，十一年后再见，惨不忍睹。北门两侧原有两段残存的城垣，维修工程将其一并包砖，与城门融为一体。城门陡然变阔，复建的门楼比例却仍如从前寒酸，仿佛超重量级拳手双肩顶着一颗婴儿的头颅，忍俊不禁之后，继以忍哭不禁。

十一年前，北门内，西大街路口，摆着老杜打干炉的小摊。干炉是陕北各地的主食之一，形似烧饼，但更为干硬，易于长期保存。将近中秋，老杜改做月饼。倒也简单，都是焙烤的面食，多制一盆馅料，备上几把木制模型，压出花纹，点上红，素淡朴实的月饼，却是许多陕北人的心头好。

面朝北门，一爿小卖部。北门内另有两条窄巷，华严寺巷与城隍庙巷，城隍庙巷内有米脂北街小学与米脂县第三中学，上下学的学生是小卖部的滚滚财源。老板久在街面，自然熟悉周遭的一切，打干炉的老杜，"小名'二代'，"他告诉我，"早不干了，去年也搬了家，住在二道街，机械厂小区？"

"法院小区，"坐在小卖部外矮凳上一个黑胖而倨傲的中年男人纠正他，"叫个啥？富苑小区。"

确实名叫富苑小区，而且确实是小区，不大，只有一栋楼。听老板说原来是法院审判庭的楼，后来向社会出售，老杜他们就买房搬了过去。但是几番打听，不论小区的住户，还是小区外的商铺，都说没有见过老杜。

悻悻然回到北门内，已近正午，小卖部前挤满滚滚财源，老板不再有空搭理我，黑胖男人继续用他的倨傲态度告诉我："我们这里的人，一听你是外地口音，知道也和你说不知道。"

"为什么？"

"就这样！"

好在，十字街没有复建南门。

绥德与米脂不过三十五公里，客车溯无定河北上，一个小时左右即到。不过米脂汽车站已移至城外，终点榆林的客

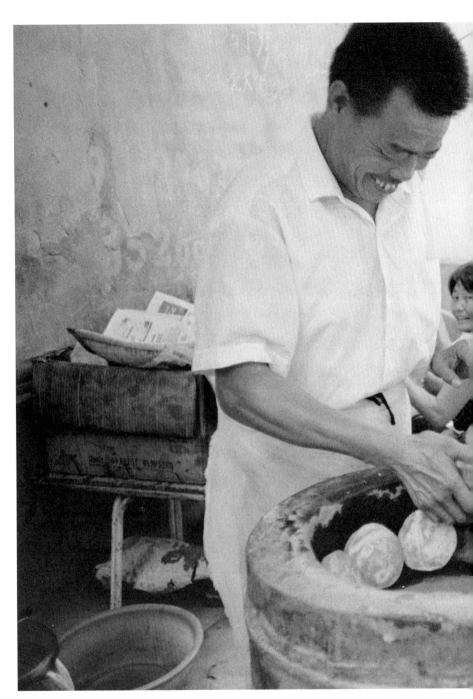

杜家干炉 2010

车司机询问每个米脂下车乘客的详细目的地，以便停在不同的路口。

我说十字街，于是下车看见九龙桥。

十一年前我就住在九龙桥东头的旅馆，距离旧城二里地，并不远，但在不大的米脂县城也不为近，于是轻车熟路进城，在旧城边缘的行宫西路住定，直奔十字街。

看见东大街路口那栋陕北罕见的砖木结构歇山顶二层阁楼，对于米脂旧城沦为绥德疏属山的担忧才告化解。米脂旧城还是当年模样，只是更为颓败，没有复建南门节省的五百万公帑，显然也没有用于合理适度的古建修复，本为复盛昌号土布杂货店的二层阁楼，已经飘摇欲纪。

那年在旧城逡巡两日，一张二层阁楼的全景照片，楼下正有一位长髯老汉拄拐走过。原本整洁的阁楼西墙外，现在堆满杂物，摆着一张破旧的沙发，坐着三两老汉，谈古论古。

言谈最健的高老汉，七十二岁，本名"文成"，后来改为"自成"，与米脂如今赖以宣扬的闯王同名。他说不改就不能参加工作，我想或许是为顶替吧。

并不是什么了不起的好工作，而是普通甚至危险的矿工，"下煤窑的"，他说。劳苦倒是给了他强健的体魄，行止敏捷，看起来最多五六十岁年纪。

旁边停一辆黑色铃木摩托车，是他五千多块钱买来的坐骑。做为好身体的例证之一，他说能骑上一百五十公里去山西听戏。高闯王是重症的戏迷，他骑车跨省只为去临县、柳林各地听戏，而且身为陕人痴迷的还是晋剧。当然，北路梆子、关中的秦腔、河南的豫剧，他也都爱，只是不像晋剧那般痴迷。

他打开手机给我看他参加的一个又一个戏迷群，点开其他戏迷发在群里的视频，说起谁谁谁今天正在哪哪哪听戏。

"我没有去。"他说，话语中满是遗憾。

高闯王生于斯、老于斯，当然认识照片里的那个长髯老汉，也姓高，"高谁谁嘛，不在了，去年死的，九十多。"

他的口音却让我听不清名字具体是哪两个字，我想让他写给我看，他摆摆手，"不识字，我从小就不爱读书"，语气由没去听戏的落寞化为骄傲。

中午，米脂忽起沙尘暴。

片刻，天已昏黄，尘土飞扬，沙砾扑身。

就在沙尘中，八十五岁的高建元老汉骑着三轮车，施施然停在高闯王的身前。寒暄几句，然后掏出烟杆烟袋，烟锅杵进烟袋，揉满烟丝，火机点燃，吞吐两口，老高老汉给小高老汉细细说起了晋剧的《斩秦英》。

也是个戏迷。

高建元老汉 2021

……

银屏公主是他的女子了，说："父，你要杀，就把我杀了！你把秦英给我留哈，秦家就这一条后代。"

"不留，不顶事。那尔个，太师爷他也敢杀，再过个二年他连我也杀呀！"

那就，这话都说着了。因此说，谁也不顶事。

程咬金说："喔，这皇上则敢昏君了么成哩，咱求情也不顶事？还得了了？我求这个情，他不给我这个脸，我还让他了？"

那程咬金敢和他纳命了敢。

去了程咬金求情，不顶事，不饶。非杀不行。绑出午门了，非杀不行。

徐茂公说了话了。

徐茂公说："万岁爷，老臣啊今儿有两句话想给你说一下，你看你愿意听不愿意听？"

说："你说。"

说："我看啊，你是要美人了还是要江山？你要说要美人，那秦英就要杀了，不杀就不行，你美人就落不下了。你是要江山的话，秦英你不敢杀，秦怀玉是你的女婿了，在边关上跟这家打了，跟那家战了，为的谁？就是为你的江山。"

"你尔个坐在这个金銮宝殿里边，坐得稳晏晏介。凭谁坐了？你不是凭你那女婿坐了？你把秦英杀了，你那个女婿，就敢就不是你的女婿了，他不杀你，他也不保你了，他连个儿女也保不定，他会保你哩？"

　　一下说得这个李世民盘算，嗯，先生你还说得有理，说"你们都退下，寡人自有论断"。

　　……

　　歇口气，烟锅早灭了，再点燃，又是两口，袅袅的青烟。

　　进北大街，几步路，路右一条窄巷，市口巷。

　　走过北大街邻街人家的山墙，市口巷转折向左，几乎与北大街平行，通往城隍庙巷。转折处，右手边有进院落，市口巷1号。

　　十一年前的那个下午，院门开敞。院前临街的房子，后窗开向院内，房里两桌麻将鏖战正酣。正房三眼窑洞，看见左边窑洞窗下有张老人的面孔，她也看见了我，在瞬间试探性的对视中我没有看到任何拒绝，于是凑上前去相询，老太太示意我可以进门。

　　她盘腿坐在窗边的土炕上，与一缕阳光，安详宁静。老太太姓艾——艾姓不常见，却是米脂的大姓——独居在这小屋，那年已是米寿。床头有一方纸盒，她转身打开盒盖，里面盛着散装的华夫饼干，她是要拿给我吃，就像我爷爷的桃酥。见我推辞，老太太又要给我倒水，床边的火炉上坐着水壶。我掏出包里的矿泉水瓶给她看，示意我带着水呢，她告诫我不要喝太多凉水，就像我奶奶每次看见我喝矿泉水时那样。

然后，我坐在炕边和她说话，她几次三番打断我，希望我能吃些点心，喝些热水，如同那天炕上那抹秋深阳光温暖。

虽然八十八岁高龄，艾老太太思维却依然敏捷，言谈间，更是发现老太太可以识文断字。我奶奶不识字，她不断说起因为婆婆不愿意帮她照顾孩子，从而错失了去识字班学习的机会，这是她一生的遗憾，也会是我一生的遗憾。因为不识字，孤独在家的她会更加孤独，看不懂字幕也便看不懂很多电视节目，没法读书看报来消磨时间，有时候看见我们专注于电脑或者手机，奶奶会慨叹一声："唉，我要是识字，拿个手机看看这儿、看看那儿，也不急了。"

艾老太太是幸运的，她说自己是民国年间的初中肄业女生。后来我才知道，民国米脂女校，就设在市口巷内。不知道艾老太太说的初中，是否就是相邻的女校。无论是否，彼时女性可以接受现代教育，家庭出身想来不凡。而我奶奶直到二十七岁都生活在农村，极度贫困的农村，纵然身边有间女校，就像纵然后来有识字班，依旧无能为力求学。

除此之外，艾老太太像极了我的奶奶，其实所有慈祥的老太太都像我们的奶奶，何况她们还是那么相似地嘘寒问暖。

市口巷1号 艾老太太 2010

那年离开她的窑洞，我便依依难舍，几次回首道别。

忍不住隔天再去，站在院内却没有看见她在窗下。

于是，之前那天，是我们彼此的最后一面。

上午站在市口巷1号的院里，多了一条冲我疯狂咆哮的小狗。

三眼窑洞仍在，寂静无声。

院前临街房子的女主人透过后窗看见我，问我做甚，告诉她来意，她和我说，艾老太太走了。

"六七年了。"

十一年前，八月初九，我与很多米脂旧城的老人见完了最后一面。

那天从柔远门走进城隍庙巷，踅进路北8号院，门后一排粉红花儿正娇艳，院里三两个老太太聚在一处闲聊。见我进来，几句寒暄，其中一位走近前来，好奇地想透过镜头看我究竟在拍些什么，却不料想恰站在估焦相机的景深之内。

下午，在漫天的沙尘中我穿过旧城去找她。城隍庙巷8号院里，一切与她站入镜头时迥异，花儿无影无踪，木窗榾换作防盗窗，空无一人。

后来院内临街厢房的女人回来，笃定地告诉我说："院里所有的老人都不在了。"

行宫西路的"行宫"，指的是所谓"李自成行宫"，地在与行宫西路东西相连的行宫东路东口，或者出米脂北门柔远门，过饮马河上饮马桥即至。

稍有历史常识，都会明白所谓"李自成行宫"必然是现代附会，李自成（1606～1645）身后三百年，无论官府还是民间，皆无留存闯王行在并以之为名的可能。

光绪、民国两朝《米脂县志》所附米脂地图，饮马桥外，只注"蟠龙山"。

> 蟠龙山，一名盘龙山，在县北饮马河外，山势蜿蜒如龙焉。

蜿蜒如龙的蟠龙山脚，确实沿山麓建有高低错落的建筑群，但那是久已见诸典籍的真武庙。

> 真武庙，在城北门外蟠龙山下，明成化年创，清乾隆五十二（六）年重修。

民国《米脂县志》的两条记载，简明扼要，城外蟠龙山，蟠龙山上真武庙，仅此而已。乾隆五十六年（1791）之后，光绪二十一年（1895）真武庙再得修葺，各种机缘巧合，与米脂县城一样保护较为完整，因此得以成为二〇〇六年第六批全国重点文物保护单位，正式定名"盘龙山古建筑群"。

米脂是李自成的乡梓，作为"农民起义领袖"，闯王名重历史课本，妇孺皆知。地方当然欲借闯王作为旅游营销的噱头，恰在米脂县桥河岔乡郭家沟《郭氏家谱》中翻拣出一条郭氏先祖当年曾为闯王修建行宫的轶事，既然捕风捉影到"行宫"，想当然行宫必择当地最为堂皇的建筑，于是"盘龙山古建筑群"的真武庙忽而成为"李自成行宫"，"全国重点文物保护单位——李自成行宫"便也李戴张冠地印上了售价三十元的景区门票。

清晨的米脂，寒如冬夜，莫怪旧城家家户户门前院内都堆着大块的神木原煤。

十字街几家兼营早点的羊杂碎，店外两架煤炉，炉上坐着两口铸铝大锅，一锅羊杂碎，一锅羊血烩面，热气暄腾，食客满店。

干粮除了四海皆然的油条，米脂特色是油饼夹猪头肉。烧饼类似干炉，无油无盐。猪头肉分肥瘦切片，加辣椒调料、青椒黄瓜片拌匀，码在斗方的铁盘，随要随夹。

米脂、绥德不过三十五公里，一样的猪头肉，吃法却是迥异，绥德重原汤原味，米脂重二次调味，加之烧饼不及油旋酥脆，所以私心更爱绥德的浓厚。

真武庙正殿启祥殿，现今辟为"李自成纪念馆"，一塑蜡像，一壁展板，两三件复制品，四五本历史书，便是真武庙中有关李闯王的全部。

端坐殿内的毫无价值，极有价值的却伫立殿外。启祥殿右檐廊下，赫然得见乾隆与光绪两朝真武庙重修碑，保存完好，不仅无有残断，字口也如新发于硎，着实难得。

虽然我知两方碑记皆载于光绪《米脂县志》，可为免转录错讹，还是决意自行抄录。

廊下背阴，山风如刀，早餐的脂油太薄。

重修盘龙山真武祖师庙序

邑之有庙祀也，神道之威灵与人心之敬畏相与感召者，既久则虽祀典所未载，亦有其举之莫敢废也。

我米北门外盘龙山旧建真武祖师庙一所，乾隆年间乡先辈复扩而充之，工经屡年，费逾数万，自正殿至乐楼及功德堂俱载在碑碣，一时楼台叠峙，金碧辉煌，洵一邑之巨观也。

每岁三月三，为祖师香烟会，遐迩云集，虽蒙古地亦多届期至者。其分祀诸神亦各逢圣诞而演戏献供，一年中犹不一而足。神灵赫濯，庙亦随时补修，故经年既久，庙貌犹未敝也。

迨关中花门变起，同治丁卯陷绥德，围攻米城，且经匝月。执事以庙逼城垣，议火之，不果。忽一夜，守城者共见正殿火光明而复灭者数次，平明侦之，乃回贼借各神执有木器杂柴聚柱下焚之，残灰中断节犹存。枯木遇火，屡燃不炽，且地势高压县城，贼竟未敢窃踞，谓非神之威灵拥护，何以能若是哉？嗣后兵勇往来，多借侨寓，甚且毁窗户以供炊爨，殿宇虽存，其残缺亦已甚矣。

历年承平，邑之人有志重新，奈工费浩繁，未免望而却步。己丑春，爰集邑绅多人，共任重修之举，除远近募化外，复于城中大小贸易随货酌收，或每两，或每担，或每斗，买卖主各出钱文，于是缺者补之，废者兴之。向之九间楼，复添一间，乐楼前之两廊，今新建楼其上，余则仍旧贯而新之耳。

惟功德堂旧祀乾隆年间之功德主，兵燹后牌位毁伤，木石残缺，比他处为尤甚。夫修庙而以功德从祀，当系住持僧等献媚之所为，未必为诸前辈之本意也。今因其旧址建正殿三间，两庑各三间，改祀孚佑帝君像，想诸前辈有知，当亦鉴其兴革之善，而乐观厥成者也。

计兴工于光绪十五年五月，告竣于光绪二十一年，共费钱五千有奇。

从此庙会重新，每至三月三，香火之盛，较昔年有其过之无不及焉。此固首事诸君子夙夜勤劳之力，抑亦远近众善士慷慨施助之功。且皆神灵之感应，莫之为而为者也。但愿后之人共仰威灵之赫，各矢敬畏之忱，孳孳焉。益勉于善，以答神庥，则神之福佑米人者，不且永世无穷哉？是为序。

邑癸酉科举人宜川县训导高照煦谨撰

邑廪膳生马兰征书丹

石工马鸣骏镌字

光绪二十一年岁在乙未九月初九日谷旦

撰写光绪《重修盘龙山真武祖师庙序》的高照煦（晓春，1839～1902），亦即光绪《米脂县志》编纂，同治十二年（1873）举人，历任宜川、郃阳两县及佛坪厅教谕、榆林府教授，光绪十年（1884），主持圁川书院，总领学务，丕振米脂文风，门下科第连登，时人尊为"大山长"。西大街4号其旧居仍在，可惜住户于门外加造阳台，紧锁房门，不得入观。

不愧米脂学界一代泰斗，高照煦的重修真武庙序果然是一篇妙文。

首先追述乾隆年间重修之后真武庙的繁盛，"楼台叠峙，金碧辉煌"，三月三祖师香烟会，香客远自蒙古而来，加之分祀诸神庆典，每年香火不断，庙宇得以随时补修，历经百年而不凋敝。

笔锋一转，盛极而衰。同治元年（1862），关中乱起。同治六年（1867），陷落绥德，围攻米脂。当时米脂"执事者"，担忧真武庙逼近城垣，为敌利用，计议放火焚烧，"不果"。

为何不果？大山长只字未提，而是不惜笔墨附上轶事证据一则。

忽然有一夜，守城兵丁共见真武庙正殿——即碑与我共立之处——有火光，忽明忽灭，反复数次。天亮后侦察，原是来敌以诸神木质法器并木柴聚于柱下焚烧，可枯木遇火，却屡烧不旺，因此同样"不果"。

大山长认为，这是神灵庇佑，否则"不果"怎能一而再？

可惜，之后兵勇往来，借宿庙宇，拆门毁窗，劈柴做饭。神灵虽能避火，却不避丘八，因此不曾出面，于是殿宇虽存，残缺已甚。

之后历年承平，邑人有志重修，却又艰于工费浩繁，未免望而却步。神灵此时亦未出面。

直至"不果"二十二年之后，光绪十五年（1889）春，大山长集合米脂士绅，共任重修之举。所需资金，远近募化，并向城内大小买卖主征收"重修真武庙特别税",于是五月动工,再度"扩而充之",耗时六载,光绪二十一年（1895）竣工。香火之盛,较往年有过之而无不及。

大山长认为,当然有主事者的勤劳之力,当然有诸善士施助之功,但主要还是神灵感应,"莫之为而为者也"。

重修过程之中,大山长特意提到"功德堂"改建一事。功德堂,从祀的是乾隆年间重修真武庙时,出钱出力的功德主,也即此次重修时大山长笔下所谓的"诸善士"。

大山长认为,修庙而以功德从祀,应是当时住持僧等献媚的行径,未必为诸前辈的本意,所以将其改建改祀孚佑帝君吕洞宾,"想诸前辈有知,当亦鉴其兴革之善,而乐观厥成者也"。

修庙以功德从祀,果然未必为诸前辈的本意吗?

乾隆《重修盘龙山真武庙碑记》就在近旁,黑漆白字刻着"旁建功德堂,所有捐资姓氏悉书其内",可知确为前辈本意——纵然不是,半推半就,前辈也已乐见其成。

我能想见大山长的为难,乾隆"功德堂"在前,如也重修,光绪"诸善士"如之何?再造"功德二堂"?成何体统?索性归罪为住持僧莫须有的献媚,推倒另建。

果然,碑阴空空,善士名录亦不曾镌。

乾隆重修真武庙碑记，撰文者为绥德籍进士、内阁侍读学士张秉愚。开篇记有彼时身临真武庙内，四望所见：

> 东眺城邑，雉堞层层；西望平野，原田每每。南则河水环绕，云霞之所沃荡；北则山峰斜连，日月之所回薄。信一方之胜地也。

如今立于真武庙四望，城邑不再有雉堞，饮马河不见有河水。仍有原田，仍有山峰，也仍有沙尘。

沙尘又起。

米脂待我不薄，赠我一身厚土。

下午风势渐歇，由银州中路——米脂古为银州——折入西大街的南向岔路。

路口有处菜市场，附近百姓买菜买粮，往来络绎不绝。今天三月初五，逢五逢十是米脂的集日，于是路深处也摆满各色杂粮口袋，卖粮的老汉与婆姨们各据一摊，有生意的争得唾沫横飞，没生意的垂头打盹，午后阳光正好。

卖得最多的是小米，六块钱一斤，各家都是最大的口袋装着小米，摆在最近的身前。其次绿豆，七块一斤；黑芝麻，十五；白芝麻，十二；谷子，七块。做黄馍馍的糜子不多，只有一摊剩下袋底一点软糜子，五块一斤，卖粮的老汉全约了去，四斤多，为着实重实价还是只给二十吵个不休。

八十五岁的曹老汉打算买些绿豆，遇见熟人，站在墙根底下聊个不休。

路旁有进院子，院里种着二棵梨树，正是梨花怒放的时节，三树梨花如盖，覆满阔大的院子。窑洞前的石阶上卧着一只瘦小的狸花猫，身畔落满梨花。

临街的院墙下是旱厕，老太太提着裤子走出来，和我说起如何才能侍弄好梨树。可惜米脂方言艰涩，秘籍听得支离破碎。

曹老汉结束了闲聊，走到院门旁的摊前约了几斤绿豆，装袋要走才说按着六块五一斤给钱。卖粮食的中年男人不同意，争执了两句，老汉勃然大怒，不是同行的女子拉着，简直要掀了中年男人的摊子。

我希望自己八十五岁的时候也能保持并有能力愤怒，最好是像曹老汉那样，二次回来，依然忿忿，跳着脚要吵架。

米脂旧城里，很多人家都在院中种着一株梨树。

最美的那株，是当我走上石坡，右转再上马号圪台，看见路边窄巷一座几乎坍塌的青砖门楼，院墙与倒座房也坍塌，我以为废弃无人，走进二道门时，整洁的院落里，三眼窑洞门前的台阶上，赫然一树眩目的梨花。

白色的梨花，绿色的叶片，黑色的枝杈，黄色的土墙，

马号圪台 6-1 号 2021

褐色的门窗，灰色的砖瓦，蓝色的门牌，一个婆姨推门出来招呼我，一身红色的衣裳。

她原本坐在西窑窗边的炕上，坐在一起的还有一位白发的老太太，我本以为她们是母女，后来才知道她只是米侍候老太人的保姆。

她姓马，六十五岁；老太太姓曹，九十三岁，属蛇，和我奶奶同样年纪。

我和老太太挥手示意，老太太艰难抬起右手回礼。虽然行动有些迟缓，但是看起来要比我奶奶硬朗得多。我问："您身体还好呀？"马保姆小声接话："不太好，脑梗，半边身子不利索了。"

后来我走进窑洞，果然，中窑的床上放着三袋成人纸尿裤，右窑充斥着浓重的排泄物的气味，我知道这是怎么回事。

中窑西边，一张长桌，锅碗瓢盆，米面油盐，居中一个电磁炉，就是她们的厨房。那会儿将近下午五点，保姆张罗着要给老太太做下午饭。陕西很多地区不是朝九晚五工作的人，还保持着一天两顿饭的习惯。和面，擀面，切面，制作面食实在是陕北每个婆姨驾轻就熟的技能。电磁炉打开，坐上铝锅，预备好的酸汤煮沸，下面，盖上锅盖。

马保姆也是一口我很难听懂的米脂方言，能听懂的段落，就是她不断问我："有没有去过毛主席住过的地方？"后来我才知道，她说的地方是米脂杨家沟，而她的家就在距离杨家沟四五里的地方。

在院里的梨树下，在窑里的案板前，她不断唱起过去岁月的歌曲：

> 天上的星星永远向北斗，
> 地下的葵花永远向太阳。
> ……

然后是《国际歌》《浏阳河》。我真心夸赞她唱得好，因为对我而言，《浏阳河》同样是触发某些记忆的开关，就像桃酥，我爷爷最常哼唱的就是这首歌，直到病重，偶尔还会哼上两句。

其实一切都是触发某些记忆的开关，声音、气味、物件儿，你永远也无法预知它们什么时候忽然出现，触发你的记忆，然后是伴随记忆的欢喜与悲伤。

我想马保姆同样如此，或许她无法也无意于去理解那个时代之于她的意义，无论经历的好与坏，毕竟那都发生在她最好的青春，那时未来有很多可能，想象的每种可能，大约都会好过有朝一日去到偏僻的圪台上日复一日地侍候一位偏瘫的老太太，每个月赚上五六百块钱。

"四年了。"她说。

面煮熟了。换口锅，倒上菜油，热到冒出油烟了，葱花、蒜泥下锅，窑洞内瞬间腾满浓香。

葱油泼在烂烂糊糊的酸汤烩面上，不会很好看，却是老人嚼得动的食物。

我隐约听见，曹老太太不愿意吃。

后来保姆走出来，小声和我说："老人比较古怪，你不走，她不吃。"

我很羞愧，影响到了别人而不自知。

虽然半边身子不利索，但是老太太的白发梳得一丝不苟，衣服穿得也齐整，这是她的尊严。

我奶奶也是这样，大前年底得病卧床，姑父给她买了一把新梳子，她每天用那把梳子梳头。拿梳子的手颤颤巍巍，越来越缓慢，直到再也举不起来，一把塑料的梳子。

有亲戚朋友来探病，她总要整理好衣服，像健康的时候那样，整整齐齐，落落大方的，才同意他们进门。直到意识越来越模糊，病情越来越严重，不知道再顾这些，疾病将人的尊严消磨殆尽。

我走出院子，下马号圪台，下石坡。

曹老太太在吃她的烩面了吧？

马号圪台 6-1 号 2021

又一夜冷风，马号圪台的梨树下满是落花。

院里晾晒着昨晚弄湿的床单与护理垫，马保姆的长辫还没有来得及梳。"今年可能不会结果了，开花就遇到了冷空气，"她抬眼望着梨花怅惘地说，突然问我，"那首北京的歌儿你会唱吗？"

曹老太太还像昨天那样坐在西窑炕上，面无表情地张望着院子，仿佛一宿不眠，一宿纹丝未动。

青砖抵住中窑打开的门，通风换气，梨树下恰能看见挂在中窑东墙的照片，老太太的老伴，老老高老汉，清癯的面颊，垂尾的双眉，藏青色呢料外套，灰白色秋衣领口松垮，满脸胡茬，双目浑浊。

上午，阳光落在西窑坑上老太太的身上；下午，阳光落在中窑墙上老汉的脸上。

他们生养了七个娃娃，六女一男，各有家庭，没有谁住在马号圪台的老宅。照料老太太的只有马保姆。我乍进院里，便听见了马保姆的歌声。照顾病人何其繁琐与劳苦，她却似乎很快乐，或者她唯有快乐，与青春记忆中的歌声为伴，才能日复一日四年。

我确实不太会唱歌，更不会唱那些年代久远的歌儿。也许是见我实在无可救药，她怜悯地说起一首最简单的关于北京的歌儿："《我爱北京天安门》，会不会唱？"

"会。"见我终于有了肯定的回答，她笑了起来，满身花影地唱了起来。

我陪着她，唱她没有去过的北京。

马号圪台下的北坡，上坡中途，东侧有处之字形转折，转折间横跨一座青砖拱券门楼，向西向下的外侧，嵌有石匾一方。石匾与新嵌"柔远"同为就地取材的砂石，砂石质地疏松，日光雨水侵蚀，逐层剥泐，表皮状如沙瓤，侥幸此匾隐约可辨一隶书"观"字。

应是"观澜"，也即米脂上城南门观澜门。

米脂，"古名'毕家寨'"——北宋初年，米脂山阜建有毕家寨。"寨"即兵营，择地自然以险要为上，因此背倚土山，前临崖壁。作为前哨阵地，毕家寨数经北宋与西夏易手，宝元二年（1039）更名米脂寨；崇宁四年（1105）改称米脂城。后其地入金，金升为米脂县。

> 米脂，金县名，本宋米脂城，以地有米脂水，沃壤宜粟，米汁渐之如脂，故以名城。金升为县，因宋旧名焉。

可知先有米脂水 —— 翔凤桥下南河 —— 后有米脂城。

地踞山皁的米脂城，城高而小，只需开南门一门以供军民上下。入明以后，山脚近水处渐趋繁荣。然而正德、嘉靖年间，鞑靼数次犯境，以故嘉靖二十四年（1545）正月至次年六月，修筑关城，因有上下之别，又称宋城为上城，明城为下城。

及至民国，上城遗址依稀尚存，而南门久圮。

> 民国十三年知县王登甲重修，题额"观澜"，沿旧称也。

由民国《米脂县志》可知，今日隐约残存的"观"字，即是百年前王登甲县长的手笔。

"澜"字湮灭，似乎也是某种谶言，现在驻足观澜门，早已无澜可观。不仅因为楼宇阻隔，暮春时节南河枯干，河道遍布垃圾，无有澜观，无以沃壤。

无定河依然水浊浪急，一如我十一年前初来的仲秋。

提及无定河，晚唐以降，无论何时，无论何人，总是绕不开陈陶的那首《陇西行》。

陈陶，字嵩伯，自号三教布衣，岭南人。游学长安，屡举进士不第，遂放浪形骸于山水，后隐居不知所终。工诗并有诗十卷，却已散佚。后世有好事之人，辑其佚作，得《陈嵩伯诗集》一卷。

一卷也好，十卷也罢，哪怕百卷千卷，一首《陇西行》，足以令余者尽皆投暗：

> 誓扫匈奴不顾身，五千貂锦丧胡尘。
>
> 可怜无定河边骨，犹是春闺梦里人。

可怜无定河边骨，犹是春闺梦里人。

征夫戍卒已成无定河边的枯骨，他来之处，千里万里之遥，还有人念他入梦。

不堪再想，无定河边的枯骨可怜则可怜矣，却又怎能可怜过永不知他生死所在，永不知他何时得归，直到梦里容颜也依稀的等他的人？

明代文学家王世贞（元美，1526～1590）《艺苑卮言》盛赞此句"用意工妙至此，可谓绝唱矣"。

不过王世贞以为，此句"惜为前二句所累，筋骨毕露，令人厌憎，'葡萄美酒'一绝，便是无瑕之璧。盛唐地位不凡乃尔"。近人高步瀛（阆仙，1873～1940）不以为然，认为王世贞"此特横亘一盛唐、晚唐之见于胸中，故言之不能平允"。王世贞厚盛唐而薄晚唐不假，但我对其前二句"筋骨毕露"的评价深以为然，后二句的含蓄深沉的确更有力量，更能打动人心。

可是无妨，哪怕前二句也散佚，诗人仅有此十四字即足矣，无定河仅有此十四字亦足矣。

也正是这十四字，令我念兹在兹，唤我千里万里而来。

无定河自北向南由米脂城西流过，初来米脂，住在横跨无定河的九龙桥东头。因近县城，无定河东岸筑有河堤，那时桥西还是田野村舍，因此西岸未曾筑堤，可下河滩。

那天八月初十，正是米脂的集日，九龙桥西桥塊有牲畜市集，多是山羊，包着一肚子米脂人一日不可或缺的杂碎。更多的杂碎包袱就散放在长满青草的河滩上，各家羊群打着不同颜色的标记，悠游吃草。阳光温暖，秋风和煦，哪里还有半点戍卒征夫枯骨于此的痕迹？

唯有无定河水浊浪急，我不识水性，不敢涉水濯足，以免不慎成为无人梦见的枯骨，只能小心掬一捧河水，掬无定河在手。

今天米脂终于不再有沙尘，阳光一如十一年前温暖，春风同样和煦。九龙桥西不再是田野，渐似新城区模样，于是无定河西岸也筑起了河堤，下不去的河滩新近平整，寸草不生，自然也不会再有放牧的羊群。

清冷萧瑟。

回到旅馆提起，老板告诉我，西桥塊的牲畜市集还在，逢五逢十。

就我所遇而言，我觉得米脂起码半城姓高，半城分姓艾、马。

比如旅馆老板，又是姓高。其至不容我相询，旅馆邻居进门一声招呼："高师。"西北人爱将"某师傅"略称为"某师"，行走国道，满眼的"某师汽配"。而将高老板称为"高师"，也是因为他之前开了二十年的大货车，全国各地运煤。货车司机的职业除去给了高老板一个"高师"的称谓，还给他留下有如结膜炎般通红的眼。"晚上跑车，总是熬夜，眼睛一直没有好。"

六一年生人，今年恰又六十一岁的高老板，五十岁的时候结束了他的司机生涯。太辛苦，身体吃不消。赋闲在他行宫西路临街的家中。

初来米脂的十一年前，笔记本电脑都还老成持重，绝不轻薄，因此每晚记行皆须寻找网吧解决。那天的行记落款，即是"行宫西路某网吧"。现在的行宫西路当然不再有网吧，东口是比邻的饭店，向西则是三五步一家的旅馆与五金建材商店。

高师的朋友在"下面"——路的西口，东山西水，自然东高西低——开了一家旅馆，一天有两三千块钱的现金收入。朋友劝高师入行，但是经营旅馆，需要起码一百万元的前期投资，"不是开玩笑的"，婆姨也不同意，于是犹犹豫豫的，两年时间过去。

“唉呀，那是最好的两年。”高老板对此悔之不迭，如果那时候就开始干，每年最少能有一百万的收入。即便晚了两年，初学乍练的高老板生意仍然极好。“一百六十八块钱一间的客房，天天住满。”他拃开拇指食指，比划出“八”的手势：“八十万，五六年前最多一年能赚八十万！”然后手势换成食指单勾，“最多一个月收了九万块钱！唉呀，那时候生意真好。”

现在生意惨淡太多，无须多问。前天我来投宿，高老板楼上楼下三层的旅馆，空无一人。我极怕噪音，住店总选不临街的大床房，可是高老板旅馆大床房却全部临街，而不临街的只有小床的标间。高老板显然渴望做成我的生意，见我踌躇，反复说明朝向民宅的标间何等安静，若我嫌弃床窄，他愿意立刻帮我撤去床头柜，好把两张小床拼在一起。我难却盛情，同意住下，高老板仍在不迭夸赞自己旅馆的好处：“备了一个特别大的水箱，烧天然气，你什么时候洗澡、洗多久都有热水。”

惨淡的生意似乎让他惊魂难定，也让他太过殷勤，赔着笑脸，不笑不说话。通红的眼角，鱼尾纹有如刀割，不过皮肤却不再是高师的皮肤，泛着高老板的红润，看不见道路上毒辣的日头。

旅馆一切工作，都是高老板老两口亲力亲为。偶尔三女儿会来帮忙，生意好的时候会请上一名帮工。其实他们完全没有必要如此辛劳，生意纵然不好，每年也能有十万八万的收入，"总比上班强"，我宽慰他。

而且旅馆东边的门面房，也是高老板的产业，租给一对绥德过来的夫妇经营水暖五金生意，一年又能多卜四万块钱收入。闲下来的时候，高老板就站在玻璃门后看着他的房客做生意，这让他熟悉人家店里每样商品的价格。"刚才那车拉了八百块钱的货。""这样灰斗车二百八，怎么还不能赚上几十块钱呀？"

绥德夫妇俩是极精明的生意人，又在高老板旅馆的对面租下第二间门面，成为米脂县城货物最全的水暖五金商店，"要啥有啥"。租下高老板门面房的三年，"赚了一百多万，在绥德买了套二百万的门面房。这才是赚钱。"高老板艳羡不已。

一来行宫西路上十几家旅馆，竞争激烈，二来也是关键，"没有人了"。乡下年轻人都进了城，城里年轻人都去了大城市，高老板的侄子就在广东。来的人少，旅馆的生意自然冷清，好在楼还在盖，水暖五金生意才好。

"你看，中间那个是他们雇下来帮忙的，管吃管住，一年给他开五万四千块。"

"不过也辛苦，他们早上七点开始干，干到晚上十点，一刻不停。"曾经奔波于各国各地，同样辛苦工作的高师，背手挺腹，站在玻璃门后悠悠地说。

榆
林

高老板每晚睡在收银台旁边的小隔断值夜。

早晨收拾停当，七点半离店，隔断空空，高老板不知道去了哪里。睡在里间的老板娘听见动静，睡意阑珊地让我稍等，"高师马上就回来"。

并没有押金，无须多等。隔壁水暖五金店果然勤奋，大件货物已经堆满人行道，年薪五万四的雇工满脸疲惫地坐在店门正中。我问他几点能有去往榆林的客车，他习惯性地站起身来答话："现在就有。"接着再向前走几步，躲开货物的障碍能够看见行宫西路西口，殷勤地指着那里告诉我乘车的位置，"就在九龙桥头"。

米脂是南路最近榆林的县城，往返榆林与南路绥德、清涧等县的客车皆停米脂，因此时至今日米脂汽车站也未单开榆林班线。

"九龙桥头一站，有的是车。"

桥头候客的中巴，来自米脂县东北二十公里的高西沟，一百多户人家，五六百名人口。

半车老汉，三四个婆姨，车厢脏得通体包浆，椅套已成黑漆古，蓝色窗帘仿佛剃头匠的荡刀布。中途上车坐在前排的中午男人，非常注重个人卫生，以指尖清理鼻腔，再用荡刀布擦净指尖。

坐他身边的老汉，一身笔挺的中山装，一顶藏青色的鸭舌帽，簇新的黑面白底运动鞋，不知因何事盛装进城。老汉烟瘾极大，九龙桥头候客，他在车下过瘾，一根烟抽去大半。远远又来一辆客车，司乘生怕后车赶超，截走前路旅客，于是匆忙催促上车。老汉舍不得剩下的小半截烟，发力猛嘬，屯满两肺的烟气，扔掉烟蒂，上车坐定，缓缓出气，三窍生烟。

几如毛玻璃的车窗外，无定河谷渐宽，附近村民忙着播种，天气预报后天有雨，正当时节。

无定河东岸的 242 国道，无数重型半挂货车首尾相接，北上南下，皆是如此。

十一年前北京还没有直达榆林的铁路列车，六里桥汽车站下午四点开往榆林的卧铺夜班客车，全程十四小时，次日清晨抵榆。那是我生平第一次搭乘卧铺客车，照顾腿脚不便的陕北老汉，把我临近车门长度最长的 1 号下铺换给他，而他对侧最前的上铺为给驾驶座腾出空间恰又最短。蜷缩其上，辗转反侧，左右为难。折腾到午夜方才睡着，两点半又被过道行人碰醒，客车大约行驶在山西境内，对侧车道重型货车拥堵蜗行，绵延不绝——彼时不知其间是否有高师的货车？——颠簸继以嘈杂，再也无眠，直到清晨六点一刻车停榆林南门汽车站。

南门汽车站，甚至那天供我休息洗漱外加早饭的快餐店仍在那里，这让我感觉亲切。

然而我却不像去米脂会期待米脂旧城未曾改变，作为陕北的核心城市，我情知榆林旧城必会改变，我甚至能想见改变后的模样，街面充斥着仿古墙面砖与各种细节荒谬的重建与修复。

果不其然。

南大街文昌楼与万佛楼之间，路东一间环卫工人休息室背面藏着一个剃头摊，周围挤满等待刮头与闲聊的老汉，一双布鞋，一件樱桃色对襟短褂，一副黑框眼镜，一顶褪色长桅帽，挂一根琥珀色竹杖，几代人榆林土生土长的许老汉愤愤不平，他同样认为复建后的南北大街充满荒诞，临街店铺的屋顶不该安装僭制的五脊六兽，不该统一门扇，不该统一匾额店幌。

"本来榆林和别的地方不一样，现在都一样了。"

　　榆林（府县）城，东倚驼山，西临榆溪，南带泥沟河，北锁雄石峡，系极冲重地。明正统初，都督金事王桢建榆林诸堡，时镇在绥德，寇入辄不及御。成化九年巡抚余子俊徙镇于此，依旧城创修北城，置卫所，设榆林卫指挥使司。二十二年巡抚黄黻展北城，弘治五年巡抚熊绣展南城，周十三里三百十四步。正德十年总制邓璋筑南关外城（即今南城）。

　　由道光二十一年（1841）刻本《榆林府志》卷五"建置志"可知，榆林旧城格局，大体经由三次展拓形成。

　　明成化九年（1473），延绥巡抚余子俊（士英，1428～1489）因镇治于绥德，不及抵御蒙古袭扰，徙镇治于榆林，依旧城创修北城，开东门"威宁门"、西门"广榆门"二门。

　　成化二十二年（1486），巡抚黄黻拓北城，展筑南城垣，开南门"怀德门"。

　　弘治五年（1492），巡抚熊绣（汝明，1441～1515）展筑南城，增设东门"振武门"、西门"宣威门"，并以怀德门为南门。正德十六年（1521）巡抚姚镆（英之，1465～1538）改"怀德门"为"凯歌楼"。

　　正德十年（1515），总制邓璋（礼方，?～1531）展筑南关外城，南城垣开"镇远门"，西城垣开二门，北"龙德门"、南"新乐门"。

是为"三展榆林",共计开门七座,东为"威宁门""振武门"两座,西为"广榆门""宣威门""龙德门""新乐门"四座,南为"镇远门"一座,为御风沙,北城垣未开门。

即便如此,至清同治二年(1863),北城部分城垣已为流沙掩埋。据民国十八年(1929)稿本《榆林县志》记载:

> 同治二年,常道宪瀚鉴于本省同州朝邑之回乱,目睹北城沙压残废,于十月内倡议改筑。时绅士有畏难阻止者,常道宪一日集绅开议,悬剑于门首,曰:"有阻挠者,以军法从事。"群议始息。于是相度地形,弃旧城南徙,筑土为垣,计长四百三十八丈七尺,高三丈,阔一丈八尺。

放弃北城之后,于广榆门东西缩城北城垣,之后榆林旧城格局未再改变。

南门汽车站前榆阳中路向东不远,即是南门镇远门,南大街即始于此——东山西水,因地制宜,南北大街实为东南、西北走向。

许老汉耳音清朗,思维敏捷,我问高寿,他举手比划"七"和"九"。

"七十九?"比我以为的要年长,看起来最多七十上下。

他略一愣神,指尖片刻犹豫,手势变作"八",改正我说:"八十九!八十九了,差一岁九十。"难以置信,我甚至有些妒忌,不是为我,而为我奶奶妒忌。

我奶奶八十九岁那年的十二月,忽然右脚足趾红肿,医院检查,结果是下肢动脉硬化闭塞症。非常糟糕的疾病,因动脉闭塞造成的下肢缺血,会导致剧烈的"静息痛"。本地医院没有对症的血管外科,转院后两次支架植入手术又告失败,因为闭塞程度过于严重。入院不过数日时间,奶奶的右脚无名趾即出现坏疽,每日注射泵不间断地地佐辛给药也无法平抑她的静息痛。

我却无能为力。

奶奶小时候有过缠足,虽然时间短暂,便还是给双脚造成了严重的拇外翻。足底受力点的改变,让她的脚掌出现严重的鸡眼,这令她始终饱受脚痛的困扰。之前几年,疾病已经给出预警,行走时因血供不足导致的间歇性跛行,而我却对此病症一无所知,始终以为只是她的足疾发作,错失治疗时间,这是我无法释怀的悔恨。

再度转院南京,前年元旦假期之后,下肢动脉支架手术终于成功。但是因为足部血管过细,无法植入支架,因此奶奶右脚的静息痛依然剧烈,用尽各种麻醉药,也无法令她安宁。

又去南京，再做右侧腰交感神经阻断术，剧痛略有缓解，但短短半年时间，奶奶已经被疾病折磨得形销骨立。而同样年纪的许老汉，虽然挂拐，实则步履轻快，甚至上下台阶也无须扶持。

许老汉是民国二十二年（1933）生人，属鸡。他说自己这一辈子什么都经历过了，抗日战争，解放战争，"解放榆林的时候，我十八岁。"

后来很长一段时间生活也苦。"榆林，平民一个月粮食定量二十五斤，有工作的三十斤，最多的是下煤窑的，五十斤。"聚拢而来的老汉纷纷表示羡慕，仿佛井下的劳苦与危险是每个月二十斤粮食可以抵销的——实际经历过饥饿的人，可能看见的只有那二十斤粮食。

"就二两清油，够干什么的？"

"一个月二两吗？"我问。

在场老汉异口同声驳斥，仿佛难以置信我的无知："什么一个月？一年！一年二两。最多过年的时候加半斤。"

许老汉是属于每个月有三十斤粮食定量的，因为他在商业系统工作。他泛泛地指着西南方向，可能就在南大街："烟酒门市部，营业员。"

我说那可比下煤窑轻松太多了，他点头认可，不过略一惊疑，又表示反对："不累，也不轻松。"

确实。

我奶奶也在商业系统工作，"光荣旅社"，服务员。这是她的最后一份工作，之前还在被服厂做过纺织女工，巨大的噪音令她的左耳失聪，右耳听力严重下降。

旅社两层楼，每层大约有一二十间客房，一共只有三名服务员，两人上班一人休息，白班夜班两班倒。在一切都需人力的时代，旅社服务员是劳动强度极大的工作，仅仅床单被罩均由服务员手洗晾晒，这是现在难以想象的。

那时候我还很小，奶奶偶尔会带我上班。后来在附近读小学，中午时常去旅社找她，吃她用搪瓷茶缸带去的午饭。几样昨天的剩菜码在米饭上，隔水蒸热，我记得饭菜的味道，我却不记得我吃完后她吃什么？

她总会和我说起刚做纺织女工的时候，没有发工资，却已身无分文。就在被服厂的后院，捡几块石头，架起小锅，自己生火煮米饭。

她每次和我说起的时候，我都能嗅到弥漫在我从未见过的那个后院内青色的呛人的烟。

剃头摊的家伙事儿很简单，一把钢筋焊的背靠椅，扶手上系着荡刀布；两桶冷水，两瓶热水；一口搪瓷脸盆与现在已经少见的盆架；一张毛巾，一方白布，一块肥皂，一把刮刀。仅此而已。

所以与其说是剃头摊，不如说是刮头摊，因为所有坐上钢筋椅的老汉都是来刮光头的。十五块钱一位。价格并不低，因为不像剃头那么简单，刮头算是门手艺。

老汉坐定，围上白布，脸盆中冷热水兑匀，沁湿头发，打上肥皂，开始刮头。刮头师四五十岁年纪，右眼似乎有残疾，眼皮紧闭，只有左眼睁开，却又戴着眼镜，高度近视。刮头的时候，需要凑近老汉的脑袋才能看清，我有些不敬地总是想起动物园的猴山。

瘦老汉是好主顾，因为头皮紧绷颅骨，光滑而易走刀。胖老汉是坏主顾，尤其胖到满头褶子的，刮头师用左手手指按压伤口，止血并遮羞，可惜五根手指显然太少了，褶上褶下，伤痕累累。

最后的步骤，是把毛巾浇上开水，刮头师拿手试温，在能忍受的极限，一把敷在刚刮的光头上，烫得老汉一激灵，他们却众口一词说这是最舒服的时刻。

满头刮伤的胖老汉，中风，半身不遂。老婆推轮椅把他送来，搀扶着他下轮椅再到钢筋椅，十几步距离，走得极其艰难。

许老汉突然起身，加入围观老汉的队伍，以我觉得未免过分的音量——艰难迈步的胖老汉应当听得到——认真地说："这人完了。"

后来我们一起向北走，他的家在北边的巷内。许老汉补充说："得这样的病，不如死了。"

这两年以来，理智上我能接受这样的判断，但是情感上无论如何不能。

也许是自私吧？是在从自己的角度看待问题：我不愿意失去他，我希望他活着，纵然他痛苦。

确是自私吧？但总不能放任，总不能放弃。

万佛楼前，拱券门洞旁边贴着讣告，许老汉走过一步又退回来，细看几眼。

然后坐在万佛楼后的路边。

几个小时后我从北鼓楼走回来，已近傍晚，许老汉又坐在新明楼前的路边。一个人。

自南向北，文昌阁、万佛楼、新明楼、钟楼、凯歌楼、北鼓楼依次横跨于南北大街，合称"骑街六楼"。之所以格局罕见地纵向一字排开，正是因为榆林旧城三次南北展拓，中轴建筑不断叠加的结果。

其中文昌阁、新明楼与北鼓楼为完全新筑，其余砖石基础或为旧存，可之上木构建筑也是新建。比较特别的是钟楼，无论建筑年代，还是建筑风格，都迥异于其他传统式样的五楼。

钟楼南门题额"南控乌延"上款为"民国十年建",可知恰筑于百年之前。民国十年(1921),榆林军政要员与地方士绅为陕北镇守使井岳秀祝寿而建生祠"井公祠",取名"长春楼"。因此名过于阿谀佞诡,社会观瞻不雅,嗣后更名"鼓楼"。

形制迥异,在于基础之上以水磨青砖包砌欧式洋楼两层,再覆中式钟亭为顶,西洋上装配着中式帽裤,设于凯歌楼内的"老榆林民俗博物馆"盛誉其为"建筑中的典范之作",我却以为其不伦不类。

井岳秀(崧生,1879~1936),陕西蒲城人。民国六年(1917)出任陕北镇守使,直至民国二十五年(1936)一月三十一日夜因手枪落地走火弹中胸部,二月一日凌晨不治身亡,前后镇守陕北二十年,名副其实"榆林王"。

时至今日,井十——井岳秀行十——也是陕北百姓耳熟能详的大人物。尤其古玩行,延安一路以来,各地古董商店多多少少都会有几件真真假假的井岳秀墨迹。

紧邻汽车南站的夫子庙文化广场,周末正在举办首届古玩艺术品市集交流会,在正午刺目的阳光下,我一而再、再而三看见笔体迥异的井岳秀纸品出售。不知当世当时可也有人如同《围城》中顾尔谦恭维李梅亭一样恭维:"井先生,你的书法也雄健得很!并且一手能写好几体字,变化百出,佩服佩服！"

重建与修复后的南北大街，也像那些新仿的井岳秀墨迹一样透着火气，不耐细看。

可喜的是，街边有不少几家新书店与旧书店。我总觉得一座城市的书店数量，即是一座城市的文化深度，这不是仿古墙面砖可以堆砌的。

我很想买几本书，也当支持生意不易的旧书店，可是我的背包实在没有半点空余，不像傍晚时分我的肚子。当然肚子的空余也在走出南大街前填满，用了一整只羊头。

榆林最日常的特色食物和米脂无异，羊杂碎。满大街大字小字"羊杂碎"的招牌店幌，总觉得满眼都是骂人的涂鸦——广告公司都会特别加固"羊"字吧？

再者就是羊蹄、羊拐筋——羊后腿膝关节——羊头。榆林南街的羊蹄、羊拐筋与米脂行宫西路的价格一样，都是九块钱一个——价目数字白纸新糊，显然一涨再涨——不过行宫西路的羊头八十块钱一只，南大街却只要七十，市里反而比县里便宜十块。

进门一口最大号的电饭锅，热着满锅卤汤，厚厚一层红油，看着全无热气，实则油下滚烫。羊蹄、羊拐筋煮好后只是半成品，出售前还要再下卤锅调味上辣。烂煮五六个小时的羊头无须如此，与其他原味出售的羊蹄、羊拐筋热在蒸锅。

蒸锅拎出羊头，先卸下颌骨，扯下羊舌，再撕皮拆肉，最后沿着骨缝劈开头骨，露出羊眼与羊脑。先煮后蒸，将近半天工夫，羊皮糯，羊肉烂，羊舌韧，而我最喜欢的还是羊耳的脆。羊眼圆瞪，对视生畏；脑如凝脂，亦难下咽。我气馁地问老板："羊头不是一个人的量吧？"

"饭量大的，就是一个人的量，"过度肥胖的老板悠悠地说，"我店里，最多能吃三个羊头。"

我以为老板说的是自己。"不是，"他否定，"是来店里的客人，我自己能吃两个。"

"不过不敢吃——不是舍不得，就是不敢吃，太胖了。"

上下打量我几眼，问了我的体重，然后他拍着肚子说自己："一百九十斤了，太胖了，看着你吃，我馋得不行，可是不敢吃。"

他说羊头最好吃的是羊眼和羊脑，而我恰剩下羊眼和羊脑，只可惜不能邀他同食。

我问他一天能卖出去多少羊头？

"三四十……"

"四五十。"他迅速纠正道。

让老板打包，提着包着半截颅骨的羊脑，沉甸甸地压手。

镇远楼前，夕阳满街。

我在想，如果我把羊头的价格告诉奶奶，她肯定会一如从前那般用难以置信的神情与口气反问我："多少钱？！"当我嬉皮笑脸地重复价格之后，她才摇头埋怨我："乱花钱。"

然后第无数次和我说起她童年、少年与青年时代的饥饿记忆，说起极难吃的黄豆面稀饭——"黄豆面，那是油粮，不是吃粮，你不知道有多难吃。"——说起没有三分钱给孩子买根油条，说起就在被服厂的后院生火做饭。

我又看见那些蓝色的呛人的烟了，漫天满街。

同治二年（1863）道宪常瀚改筑的北城垣仍在，横亘在北城西门广榆门外。

广榆门已成危楼，百米外广榆路西口即有提醒行人车辆绕行的警示牌。可是谁又愿意舍弃走了一百六十年的入城捷径而绕远呢？——不过偶尔跌落几块碎砖罢了。

广榆门内，北大街向北，陡然升高，是登顶钟楼山的坡路，坡顶还有土垣，五百年前的城垣。百姓就着城垣挖窑造屋，住在附近的婆姨推着灰斗车过来，一锨一锨取土，五百年前的夯土。

好在，广榆门与同治北城垣已落架待修，明代北城垣内外棚户区已基本腾退，"东城墙抢险加固工程"则已基本完工。清晨我从南门镇远门外绕上驼峰山，依山而筑的榆林东城垣全部修旧如新，正在建设作为观景平台的马面——以护栏代替雉堞，以便观览。

虽然老汉们依旧抱怨早知如此大兴土木，何必几十年前的当初拆除殆尽，但是聊可以亡羊补牢自慰，毕竟城垣基址仍在，便有城垣再筑的可能。不比北京城，基址已成楼台道路，一座外城南门永定门尚且不得等比复建，何况其他？

榆林现在有钱了，老汉和书店老板都持此论。

榆林共辖十二区县，以地理位置而论，榆林市府所在榆阳、横山、神木、府谷、靖边、定边等北六区县或因政治地理优势，或因坐拥煤炭、石油等天然能源，生产总值十倍于绥德、米脂、佳县、吴堡、清涧、子洲等南六县——北六县生产总值最低的横山区，也两倍于南六县生产总值最高的绥德县。

八十四岁的刘老汉，指着南大街路西的一排门面房，凑近低语："房子的老汉，不识字，初中都没毕业，可是神木的煤矿参了股。"听闲话的老汉啧啧称羡："你去神木看看，有钱人太多了。"

榆林最为富庶的神木，如今已成陕北地区唯一的县级市。因其充沛优质的地表煤炭资源，造就许多巨万富豪以及与之相关的花边新闻，陕北之外大有知神木而不知榆林之势。北大街一爿经营十几年的书店，老板感慨地说，神木人已经不屑于在榆林消费了。我想当然地接话："起码要去西安吧？"

"西安他们也不去，"老板迅速否定，"都去北上广了，要么去外国。"

书店狭长，宽仅两步，减去书架，其间仅可一人容身。老板四十多岁年纪，戴副眼镜，打一盆清水，仔细擦拭书架与塑料书膜上的浮土。他选书颇精，甚至有些曲高和寡，比如进门右手边醒目位置一套上海古籍出版社的《陈寅恪文集》，北上广一般的私人书店怕是也不会进货的。

老板也知道自己的书难卖，也说经营实体书店不容易。我以为门面是他自家的产业，其实也是租来，"一个月一千块钱"。十几年来，侥幸还有学生读书，还有　些他熟悉的领导，从他这里给单位买一些，"自己也会买一些"。他想了想，补充一句："六零后的领导还有一些喜欢读书的，七零后的领导就几乎没有读书的了。"

我没有细问也知道原因，并非文化水平降低，而是不再有读书的习惯，"手机一拿，一刷一天。"

刘老汉体胖，浓重的榆林口音，说起话来远不如年长他五岁的许老汉易懂。

他左手无名指戴一枚金戒指，掌心一侧的背面缠着一小段胶皮套，免得干活做事儿的时候磕碰划伤。榆林的老汉都爱戴一枚金戒指在左手无名指上，南北大街的金店也异乎寻常地多，而且许多私人的小店，出售成品之外，也可代打代做。

莫老汉的电动三轮车停在刘老汉身前，并不下车，而是舒服地仰靠在车椅上。七十几岁的他比刘老汉小很多，却丝毫不给刘老汉留情面，句句都要反驳他。刘老汉没有他那般伶牙俐齿，急到口不择言的时候，只好不断重复毫无逻辑的

"我怎么不知道？我当然知道。我当然知道。我怎么不知道？"

唯独关于神木人的有钱，两个可以达成共识。莫老汉同院邻居的亲家就是神木人，亲家的侄女，之前在神木某局公干，后来同样是"煤矿参了股"，很多年前就去了北京，"买了不少门面房，"——陕北人似乎特别钟情于门面房——"租给做生意的，还有开银行的，你想那是多少钱？"

刘老汉想象不出来，我想有那么多钱的人戴金戒指肯定不会缠上胶皮吧？

刘老汉右手边坐着的老汉没有金戒指，他的双手手指严重变形，握成拳状，不得展开。他昨天就坐在同样的位置，肤色黢黑，白色胡茬，戴一顶厨师式样的白帽——陕北老人无论男女都爱戴这样一顶布帽，为的是阻隔风沙——藏青色中山装与藏青色棉裤，邋遢极了，遍布油垢与水痕。而我昨天没有注意到的是，一只显然许久未曾更换的引流尿袋就耷拉在他身边，肮脏之外，底部的排放阀也坏了，滴沥得一地尿痕。

我想和他说些什么，但是他似乎既听不见，也说不出。

他只是木然地坐着，晒晒太阳，看看行人，听听我们说说有钱的神木人。

太阳还不见了，天气转阴。

我担心明天阻雨，刘老汉大而化之地说："不担心，下不了大雨，地势高，风都把云吹走了。"

我有些难过，独自走开，漫无目的向北走。

凯歌楼北，忽然在路东院内看见一方不大的石碑，立在紧贴北房山墙的水泥碑座上。

几户人家合住的院子，彼此向外搭建，院里只余一条彼此通达的窄路。或许是彼此太容易侵犯别人的私人空间，所以看起来都很谨慎，北房的男人出来进去，总不忘仔细关紧房门，似乎生怕我会闯进去。

一方无足轻重的碑，如果不是今天我有些漫无目的，我甚至不会浪费时间去抄录，何况院里住户对我的警惕也让我有些尴尬。

新刊火场会库房碑记

原夫库房之立，始于康熙之年，□处士好行其德，因前会内灯箱绳帐往往束寄各铺，未免四分五裂，散涣无稽，故目击心伤，将油店夹道内北房一间施舍会内，以为万世存物之所。厥后出售张姓，另有施约，因立旧碑，以彰功德。迨至道光二十六年，傅姓将店置到重修之际，意欲将北房三间相连一处，惟库房一间现属公会，不敢自专，爰请众会首盛良等议明，将旧施北房易新盖南房一间，亦为万世存物之所。至于人工费用于会无与。众聆言毕，以为易北皆然，此乃权变之道，非废旧章也，故从之。因复立碑，垂示后世，并书功德于不没云。

施工功德主傅国玺，子成、顺，孙作相、舟

众会首盛良、苏永发、沈连、杨桂芳、杜礼、柴发□、毕天成、袁汝南、杨步高

道光岁次丙午润五月谷旦立

旧时陕北延绥榆地区除夕、正月初六、十五、十六、十八、二十三、二月初一诸夜，会有数次燃放篝火的风俗，为的不外乎是禳灾解厄，祛病驱邪，祈求五谷丰登之类。

篝火或小或大，小者可在自家院落，大者则需筹备组织，于是操办者结社而成"火场会"，或称"柴火会"。我问街边的老汉，现在还有类似的火场会吗？他沉吟良久，自由心证地告诉我："农村或许还有。"然后补充道，以前正月十五上元夜，城里还会有些火塔，南北大街也有灯会，不过禁燃加之疫情，已经好几年不见了。

消逝的风俗与湮灭的会社，却草蛇灰线地隐蔽在北大街边杂院的角落。

康熙年间，某姓——似乎有人故意将此字凿毁——读书

人将油店夹道内一间北房施舍给火场会，用来存放他们的灯箱绳帐——火场会有一项活动名为火龙驹，以结实的绳子栓紧篮子，篮内盛放柴火，夜晚抡起形如火龙驹，故而会有绳帐之类器物。

之后库房所在院落售给张姓者，仍然施于火场会，立有旧碑表彰张姓功德——此碑因何为"新刊"之故。

道光二十六年（1846），一位名作傅国玺的老汉买下彼院，重修的计划是打通三间北房，但是因为其中一间是火场会的库房，所以请来火场会一众会首协商，议定不劳火场会出资，由傅家新盖南房一间置换北房库房，"亦为万世存物之所"。众人无有异议，于是复立新碑，"垂示后世，并书功德于不没云"。

立碑之时，傅老汉将两个儿子、两个孙子的名字一并镌刻其后，不经意间，也让爷孙五个三世无闻于世的普通百姓名垂后世，虽然后世知道他们"功德"的人，此地此时，似乎只我一人。

顾念及此，我很想再找一个人转告傅家三代的功德，但是阴沉的下午，逼仄的院里，只我一人。

傍晚阴已欲雨。穿骑街六楼走回来，街边饭店门前，三盆卖了一天的羊肚、羊头肉与羊蹄，依然满满。

就我观察，延绥榆一路以来，仅就食物价格而言，呈现出强烈的"羊与非羊二象性"。没有羊的食物，各种焙烤的淀粉，干炉、油旋之类，三四块钱一个，价格不高，亦可果腹。羊肉则太贵，大几十块钱一斤，买些动辄上百。羊杂碎便宜，可杂碎只是寥若晨星的点缀，果腹的还是其中大量的粉条。不掺其他的纯羊杂碎，依然价昂，昨晚的羊头店，一大盘羊肚要卖七十。

我是没有想到，榆林的羊肚、羊头与羊蹄是可以当早饭的。

普通兼营早餐的小饭店，蒸着包子，炸着油条，一如其他各地。不同在于店外条案上的三口钢盆，盛满昨夜提前卤好的半成品，添进红油汤汁，坐在电磁炉上加热入味——作为"铁腕治污攻坚行动"的组成部分，今年三月十五日榆林市政府下发了中心城区全面禁煤的通告，南北大街两旁不时得见全尺寸的白纸黑字。

羊蹄还是九块钱一只，羊头已经卸开，与羊肚均可单点，也能拼盘。常用来吃凉皮的蓝花浅口大盘一盘三十五，常用来盛酒的小盘二十五。一店食客，半店吃着羊肚羊头肉，结账时每人三四十块钱，无论哪里都不算便宜的早餐价格。

搭配羊肚羊头肉的主食，可以选馒头，也可选米饭——这比早饭吃羊更令我震惊，纵然我在南方也不会早起煮米饭来吃的。可惜陕北人煮米的手艺就像南方人烹羊，毫无水准可言，与其说是米饭，不如说是熬干了的粥。

饱浸红油汤汁的羊肚与羊头肉极辣，片刻挥汗如雨。

——如果明天有雨，我打算裹一腹羊肚南下鱼河，西去横山，可驱一路寒凉。

横
山

十一年前，米脂汽车站还没有直达横山的客车，需要北上中转鱼河镇。

榆林城西的榆溪河南流至鱼河镇，注入西来的无定河，之后转折南流，经米脂、绥德，于清涧归流黄河。

古人循河觅道，由榆林顺榆溪河南下，自米脂溯无定河北上，还是从横山沿无定河谷东来，皆要途经鱼河，因此鱼河自古即为榆林南路交通孔道。

明成化年间（1465～1487），明廷在此修筑鱼河堡，鱼河由此得名。

榆林在北，鱼河在南，横山在西，连线恰可构成直角三角形，榆林、鱼河间为勾，横山、鱼河间为股，榆林、横山间为弦。五年前横山撤县设区，相应开通往返榆林市区的公交路线，与更早建成的榆靖高速同走弦边，不再绕由勾股，道远路险。

横山、鱼河之间，只有搭乘沿途波罗、响水、党岔各镇村民的通村客车，几乎淡出县城百姓视野。榆林汽车南站八点半出发的公交车将近中午才到横山，坐在横山南大街的炖羊肉馆子向其他食客打听如何回返鱼河镇，一馆子显然不再有沿途农村亲戚的食客众口一词地回说那可不容易，"大概没有车了"，他们想当然地猜测，然后让我去横山汽车站碰碰运气，"总会有私家车的"——私自营运的黑车。

询问鱼河是否有车的话音未落，汽车站售票员忽然冲着窗外底气十足地高声吆喝："鱼河！走了么有？有人要去鱼河！鱼河！鱼河！"然后指着汽车站外的路口和我解释："鱼河的车刚才还在那里，不知道走了没有？鱼河！鱼河！"五六十岁的老保安一时也慌乱起来，站里站外帮我喊着"鱼河"，于是不出三分钟，半座横山县城都知道汽车站有个人他要去鱼河。

知情的自然也有坐在站外台阶上的刘师傅，他有一辆合资品牌的"私家车"，经营榆林线路的拼车生意，每人要价三十。公交车已经开通，我问他还跑榆林生意能好吗？他不置可否地回答："有急事的时候就用得着了。"

确实，十一年前刚到横山，我就遇到了急事。

那年出米脂，鱼河镇换车到横山，在距离汽车站不远的南大街找到宾馆，办理入住，钱包却全无踪影。电子支付尚未出现的年代，无有现金与银行卡，寸步难行。镇定惊魂，冷静回想，确信并非窃案。米脂九龙桥东头的旅馆，也是私人经营，担心安全，入睡前将钱包压在枕下。我本无此习惯，加之晨起匆忙，于是遗落未取。

糟糕的是我怎么也想不起旅馆字号，自然无从电话问询，忙不迭回汽车站找车重返米脂县城。有急事，"私家车"坐地起价，开口就要四百块钱。见我回绝得果断，其他司机腰斩至二百，"一分钱都不能再少"，哪怕我出到高出行情许多的一百八。

同在等活的出租车司机杜师傅，犹豫再三，追上作势转身要走的我，神色为难地勉强地答应前往。车走不远，还未出横山县城，杜师傅已经挂不住脸上的勉为其难——装腔本是为让我出血的伤口不致太痛，然而城府不深的杜师傅实在无法按捺喜悦，于是又朝我的伤口撒了一袋精制碘盐："这趟我能赚上一百块钱，"他眉飞色舞，收音机里的陕北说书声嘶力竭，"路上说不定还能再拉两个人。"

横山至米脂，省道与国道全程一百一十公里，杜师傅一门心思提高营业额，龟速前行，生怕错过路旁搭车的旅客。我却五内俱焚，不断催他开快，杜师傅勉为其难地将车速提至七十公里。

来时念兹在兹的无定河，去时却再也无心侧目。

回到宾馆，前台毫不知情。走进客房，已经清扫，枕下空空。楼层保洁，一个稚气未脱的小姑娘，也说打扫时未见我遗落的钱包。

我确信不曾错记，于是佯装报警，小姑娘忽然嗫嚅着说："你不要报警了。我给你。"钱包藏在楼层入口的保洁休息室，现金已经取出，她从自己的钱包里取出一千四百块钱还给我。

"真的，就这么多。"她因为害怕而慌张，断续地和我说她一时糊涂，下午就要回乡下的老家，希望我能原谅她。我当然能够原谅她，一来因为钱包失而复得的庆幸——庆幸事前无从电话问询，否则她预先警觉，钱包可能再难找回。二来直到现在我也相信她不过是片刻贪婪，而贪婪甚至源于那么年轻就开始谋生的不易。

我取出两百块钱给她以示感谢，她惶恐推辞，最终我坚持让她收下。拾金不昧的物质回报虽然远少于拾金而昧，但却是能够安心的。

归途轻松许多，无定河谷风景重现。

车近鱼水，杜师傅电话不断，横山县城熟悉的主顾需要用车。赚钱事大，回程车速始终在八十至一百公里之间，几次超车险与对向货车相撞，以至我不得不改口劝他开慢。

车近波罗镇，忽然暴雨，雨刷无济于事，天地混沌。即便如此，杜师傅的车速仍在九十。"自己的事情果然比别人的事情上心。"我亦真亦假地讥讽他，他跟着我一起哂笑。

暴雨只过路五六分钟，忽然而来忽然而去，至石马圪前已无落雨痕迹。

再回宾馆交钱住定，丢钱包的事情已经众人皆知，包括换班的前台小姑娘。

南大街上，十一年前的那家宾馆已经不在了，不然我很想告诉前台小姑娘，十年前半座横山县城都知道他丢了钱包的那个人，就是今天半座横山县城都知道他要去鱼河的那个人。

不知道杜师傅是否还在跑他的出租车？后来是否还能遇到有急事的人的好活儿？我想向刘师傅问起，可是除了姓杜，再没有其他线索，只好把陈年旧事当作笑话说与刘师傅知，他和身边凑热闹的老汉乐不可支。

刘师傅本来就是个乐天的胖子，见我懊丧差一步错过鱼河的客车，大而化之和我说没关系，他认识鱼河客车的司机，并且立刻给他电话："你丢了一个鱼河的！就在站里头么！"

生意不好，每个乘客都可宝贵，鱼河客车不仅停车等候，还让其他司机开车来接，实在有些不好意思，让一车老汉平白多等了一刻钟。

确实一车老汉，沿途年轻人或许有更好的交通工具，或许都在外地工作生活，无定河南岸的乡村，已是老人的留守地。老人搭车进城，捎一袋干炉，带几把铁锨，或者买张坐便椅，备给蹲下就站不起来的自己。

得交通枢纽与榆林发展的契机，现在的鱼河镇基建规模远胜十一年前，然而不论客车司机还是三岔路口商店的老板娘，都说比起四五年前可差多了。

老板娘觉得，教育水平下降是鱼河衰落的主要原因，"留不住人么"，中学也就剩下一百多人，并且偏颇地认为只有学习不好的孩子才会留在鱼河读书。她自己的女儿，在榆林读高二，学习成绩不错。三岔路口的面包车，很多做的就是接送学生的生意。周六下午从榆林各学校把孩子接回来，周日下午再送回去，单程十五，往返三十。"好着呢，两边送到门口，下雨也不怕。"

鱼河镇的教育与经济是否存在正向关联，不得而知。老板娘自家有学生，难免过度看重教育，但她得见的鱼河镇却是客观而真实的。"以前破房子都租出去了，现在你看，"她指着三岔路口对面一排商铺，"好房子都空着，没有人。"

老板娘的杂货店是自家的房产，前店后院，没有租金压力，可生意也未见得有多好，于是有木工手艺的老板还要出门打工，周日回来，干干重活。

榆林南门威远门前是处环岛，隔环岛的西南角，每天清晨站着数百号等待散活的农民工，木工、瓦工、油漆工，有男有女，目光焦灼，见有老板模样的人来，呼啦围上，显见得对于工作的渴望。

我没想到，鱼河镇经营杂货店的张老板也是其中一员。只要有手艺、有体力，还能做得动，他们便像蜜蜂一样四处寻觅花粉，锱铢积累地为家庭、为孩子多赚一点，多存一些。直到老得做不动，于是回到乡村，回到他们最后的留守地。

榆溪河在鱼河镇西五里入无定河。

一座无定河大桥横跨汇流后的无定河，也是榆阳与横山的区界。

枯水季，无定河水依然暴露出狂躁的秉性，河水湍急，打着涡漩奔涌向东。河口处，为防雨季的无定河桀骜难驯，又一轮的防洪工程正在施工，太阳底下，暴土扬尘。

莫怪老板娘直说："咱们这个地方人，灰溜溜的。"

榆林南大街的刘老汉也说对了，可能真的因为地势高，风都把云吹走了，连续数日都在预报的今天的雨，忽然烟消云散。而且响晴白日，没有一缕儿遮阴的云，无定河桥上，酷热难耐。

陕北的日头毒，空气干燥，暮春时节，背阴地儿还冷，老板娘说前几天还结着冰，可是只要阳光浴身，一切寒意皆告虚无，温暖，渐而灼热，直到想念背阴地儿的冷，期待敞着外衣吹着凛冽的山风。

过桥向西，党岔镇。

镇子也有通往米脂的横米路，故而名"岔"。不过横米路盘桓山岭，远不及无定河谷的242国道迅捷，因此党岔自然亦不及鱼河繁荣。

站在党岔镇外等车，地势已高，可以俯瞰无定河大桥。云也渐生，朵朵自横山而来，向无定河而去，又有山风，虽不凛冽，却可解暑，却解不了我的焦躁。

鱼河回返横山的客车太少，间隔远不止一个小时，大约两倍于此的时间，我才在党岔镇外看见来时搭乘的那辆客车。还是姜司机，来时一车老汉，回时却只有两个婆姨，这还是两个小时等待的成果。通村客车，乘客多是村民，上午进城人多，下午进城人少，客车总不能空发，间隔如此之久，也便不难理解。

鱼河、横山的路况不佳，遍地坑洼，因为与国道同样往返无数重型半挂货车。波罗镇产煤，那年雨停的石马坬有石马坬煤矿，上山通往煤矿的道路前货车云集。姜师傅啧啧慨叹："一天能产五千吨煤，一吨煤五百块，你想想多少钱？没办法，钱都让老板们赚去了。"

客运生意不好，沿途村民反客为主，若要搭车，提前通知司机，接到司机客车已近的电话，这才悠悠出门，款款上车——得见如此，午后我对一车老汉久等我的歉意也告瓦解冰消。

十块二十块钱的生意如此难做，看见满路的坑洼，想起煤老板日进斗金，怎能不令姜师傅愤愤难平？

波罗、响水，均为明代边墙延绥镇营堡。雍正九年（1731），改卫为县，以怀远、响水、波岁、威武、清平五堡为怀远县，县治怀远堡。怀远县，即今横山县，因与安徽怀远县同名，民国三年（1914）以县境清平堡大墩梁乃为横山山脉主峰而更名横山县。

十一年前，最近横山县城的波罗堡即已完成旅游开发，县城也有公交车直达波罗镇。车过波罗，仰望山堡，一片雕梁画栋，金碧辉煌。游人行至边塞，不见铁马金戈，却见纸醉金迷，此地何地？

响水堡，依然旧时模样。

响水堡，在县东八十里，汉圁阴县地。明正统初置，八年移守平彝堡，九年余子俊奏请撤还。城居山坡，险峻临河，周凡三里二百一十步。万历六、七年重修。乾隆三十四年，知县胡绍祖请修。北临边墙七十里，边垣长十九里有奇，墩台二十二座，为入榆林要隘。

市在西关，城东有天生桥，中通三窟，水激吼如雷，故名。

响水堡下车前，姜师傅要我记下他的电话："五点到五点

响水堡西门 2021

半，你下来的时候打电话，不管谁的车我让他接你。"我说到时肯定等在路边就是，他却依然坚持，说那可不保险："万一没看到呢？"

车停之地，临崖即是响水堡西门。

西门南向开门，拱券上嵌"大西门"石额。门设瓮城，瓮城西开一门，上有"渊停"石匾。公路几乎紧贴瓮城西门而建，截断门前下山缓坡，于是西门仿佛临崖而立，难以接近。加之年久失修，题额并外立面包砖整体前倾，已成危楼，更是不敢攀临。

如今百姓出入，由瓮城西门前向南上坡，再回转向北，经由瓮城南门入堡。

瓮城南门无已无存，瓮城是否曾向南开门我亦不知，不过瓮城轮廓清晰，虽然残破，却无后人改造痕迹，仍是明代夯土明代砖。置身其间，今时何时？

走进西门，与"渊停"二字并立西崖，即知何为民国十八年（1929）石印本《横山县志》所载的"险峻临河"。

无定河自西而来，浩浩荡荡，一如万马齐来的蒙古铁骑，近至响水堡前，忽然停顿，仿佛畏慑于边墙营堡的峻险，于是转折向北，绕过响水堡，再向东流。

再向东流处，近水河谷，是新响水镇所在，公路穿镇而过。生活与交通方便，年轻人大多住在镇上，堡内的祖宅旧屋，当然还是老人留守。老人无多，独居空窑，难免寂寞，于是午后各家"串串"，坐在院子西厢墙下——可以躲避灼人的阳光——说些家长里短，聊些古往今来。

见我进门，李家来串门的七十六岁老太太挪了挪身子，空出半张条凳，招呼我坐下歇歇脚。她问我从哪里来，到哪里去，慨叹路程遥远，"可是要花不少钱"。她搓着手，手背遍布皱痕，指甲满是泥垢。

她肯定觉得花钱旅行是件太过浪费的事情，就像我奶奶觉得出门吃饭、或者把剩饭剩菜倒了，都是年轻人不知物力维艰。但是她的表达很婉转："我们农村老婆子，勤勤恳恳弄俩钱，节俭。"

院子养着两笼鸡，东厢房前一笼，南院墙下一笼。

八十岁的曹老汉，坐在临渊的崖畔。

孩子都在榆林生活，老伴去帮着带孙子。他也过去住了一段时间，"不习惯，谁也不认识，也没地方串"。于是又坐在响水堡，"前天才回来"。他和路边的每个老人打招呼，"她在下面开店"，老太太步履蹒跚地走出西门，绕下公路，走进自家的杂货店。

无定河谷阔大而寂寥，无有强虏，唯有夕阳。
北岸一群散放的羊。

无定河谷 2021

怀远堡，明天顺二年置。旧为白家梁，汉白土县地。城踞山顶，周二里许，系极冲上地。隆庆六年加高。万历六年砖砌牌墙、垛口。北带圈水，去大边十五里，边长四十三里，墩台二十七座。

街市在堡西关，为东西交通大道。

民国十八年《横山县志》印行之时，横山县城仍在白家梁上怀远堡。明代营堡筑于山梁，所为抵御外敌，据高临险，易守难攻。和平年代，无有外敌袭扰，山梁的生产生活自然不及河谷便利，于是出堡下山成为必然的选择，响水堡如此，怀远堡亦如此。

一九五五年，横山县新县城兴建于怀远堡迤北，无定河南岸支流芦河东畔。新城就芦河河谷而建，随芦河南北流向而呈狭长格局，南北长六里，东西宽二里。

经历过县城新旧交替的横山人，起码也要在七八十岁年纪，因此对于现在的横山人而言，"老县城"即是南北大街所在的新县城，再就没有更老的县城了。重新构建或者刻意遗忘一段历史，往往不过几十年、一代人的时间。

今天堡上的风，没有吹散堡上的云，一早浓阴。

十一年前九月初十，米脂找到钱包回返横山，波罗镇上遇到的暴雨，晚饭时突袭横山县城。很难想象在干旱的陕北会有那么猛烈的雨，虽然暑热全消，但是梁上的黄土，"面粘心硬，像夏天热得半溶的人妃糖，走路容易滑倒"。于是那年的怀远堡之行，匆忙仓促，只记得残存的北门门洞堆满村民的杂物，败破潦倒，不胜凄惶。

再上怀远堡，虽然浓阴，侥幸无雨。

"城踞山顶，周二里许。"

所踞山顶，按照如今的地名设置，不称白家梁，改称"柴兴梁"。周长不过二里，极小的一座堡城。山脚"旧城路"上山，几次盘旋，进堡城南门。

南门已无，蹲在附近的老汉还能记起小时候在南门玩耍的情形，当然也记得消失的情形，如同响水堡西门外的其他堡门与城垣，怀远堡南门同样毁于七十年代，"'文化大革命'的时候，也没人管，大队取土，给拆了。"

堡城西南角还有一段夯土残垣，老汉说大概就在那个位置，然后站起身来，慨叹一声"可惜了"，转身回家，腰带上一大串钥匙哗啦作响。

进南门，坡顶平地，居中建成一片广场。西南角，是怀远堡残存最为完整的建筑，中心楼——北城垣外的陕西省文物保护单位"明长城遗址（怀远堡）"文保牌背面，标注"现存城墙、中心楼及玉帝楼等"，不大的怀远堡内，并无第二座楼台孑遗，而指示南门方向的老汉也称中心楼为"玉帝庙"，想来"中心楼"与"玉帝楼"本系一楼。

台基四面开门，门券之上各嵌石匾一额，南曰"永绥斯土"，北曰"拱辰"，西曰"保佑"，东曰"平安"。"平安"一匾为新刻。台基之上，新建二层楼阁，水泥墙面，涂刷厕所灰色墙面漆，再以白漆勾画出砖缝，粗制滥造，惨不忍睹。

十一年前，堡内正在修建一座"怀远寺"，彼时尚未完工，今日得见，明代营堡之内赫然一座仿唐式大殿，活脱脱一出徐达战秦琼，常遇春力敌程咬金，着实不伦不类。

好在残存的北门仍在，虽然门洞内依然堆放着村民的杂物，却总是旧时模样。堡墙自北门向外延展，东北角上，兀立一座角墩，傲然柴兴梁上。

乌云行空，山风过身。

堡内还有几座保存颇善的古民居，可惜家家院门落锁，一片清冷。

坡顶广场，斜对中心楼，坐东朝西一间杂货店。店内异常昏暗，除却面向广场的门与窗，其余三面密不透风的墙。大概是住惯了窑洞，自然也习惯了唯有一面采光的格局。窗下一台冰柜，内侧贴墙的货架几袋方便面，仅此而已——即便如是，这间杂货店也是堡内垄断性的零售业托拉斯。

店内正中一架火炉，炉旁满是烟蒂，想来天冷的时候，门外打牌的老汉移进屋内，吐烟如大兵来犯时的烽燧。贴在北墙的"灶君赐福"与黄裱纸符咒下，一张木桌，红衣黑裤、系着蓝色围裙的老板娘正在桌前调馅儿。

杂货店兼是老板娘的家，木桌即是厨房，中午要吃莲花菜肉馅儿的饺子。桌角的电磁炉上坐锅，拎出桌下大桶凝固如猪油的大豆油，倒上小半锅。土豆已经切片，油炸土豆片就是午饭饺子的配菜。

一如鱼河镇的张家杂货店，怀远堡武家杂货店的掌柜的同样也在外面"做生活"。只有老人才是闲人。"吃闲饭"在中国乡村从来都是一件令老人心虚胆怯的事情，因为这往往意味着有可能被嫌弃而晚境凄凉，虽然如今谁家也不再缺碗闲饭。

我问馅儿的肉是猪是羊，老板娘答说："猪。"猪肉价格下来了，"五花肉，十六块钱一斤。去年贵的时候，二十八九。"横山以炖羊肉闻名，老板娘说普通家庭羊肉还是吃得少："太贵了，四十块钱一斤。你看到处都在养羊，都卖给外地人吃了，本地人哪能吃下那么多？"

南大街上，我初来横山时吃过的炖羊肉馆子还在，普通蒸菜瓷碗大小的一碗炖羊肉，价格从三十涨到现在的六十五。十一年前我觉得三十块钱一碗的炖羊肉"倒是不便宜"，十一年后我依然觉得六十五块钱一碗的炖羊肉不便宜，所以炖羊肉馆子自然也不会像横山街头常见的羊杂汤、饸饹面、凉面、烩菜店内人满为患——一份五｜八块钱的大烩菜足够两人吃饱。

我倒是觉得，羊肉馆子烹制的羊肉，好坏与其说在于厨师手艺，不如说在于羊肉品质。横山山羊品质即好，不输宁夏盐池滩羊，好肉只需简单调味，"火候足时他自美"。

能够十几年甚至几十年地经营一家炖羊肉馆子，可能更多依靠地还是吃苦耐劳。老板在后厨忙得不见人影，招呼客人的老板娘说道："太辛苦，很多人不干了。"所以不干的，并不是因为烹羊的手艺差。"天天就守在店里，哪里也去不了，什么也干不成。"早晨六点多就要开始炖羊，上午开门，售罄昨天下午炖的那锅羊，六点这锅开卖到晚上十点，下午还要再炖新肉，如此往复。

一年到头，只有年二十七到正月十五休息，正月十六开始，又是三百多天起早贪黑。其实不仅炖羊肉，甚而不仅是饭馆，几十年如一日经营下去的买卖，可能最终都是赢在坚忍。

六十五块钱一碗的清炖横山山羊肉，加烩菜和米饭算作一套，七十三，搭配着自家腌制的红黄胡萝卜，怎么也不能难吃呀。

怀远堡的杂货店，几张照片简单地插在桌边电线与墙面的缝隙间。一张翻拍的黑白照片，是年轻时的老板娘，圆脸，五官明晰。一张夫妻俩和儿子儿媳、大孙子的全家福，是去山西旅游时拍摄的。老板娘育有两个孩子，大女儿已经出嫁，照片与生活中似乎看不出她存在的痕迹。小儿子在外地工作，留着儿媳和一个四岁的小孙女在家。

小孙女躺在杂货店白天也要开灯的里屋床上，见有人来，大声打探："谁呀？"然后里里外外欢快地蹦来跳去，光着脚，剪着短发，小男孩一样调皮。在寿高六百龄的营堡内，在周遭多是上了年纪的老人间，孩子让人感觉欣喜，感觉营堡仍能子立，兵民仍有生机。

只是，孩子未免太少了，无论对于营堡，还是对于家庭而言，都未免太少了。想到未来自己的儿孙可能面对赡养四位老人的窘境，老板娘便免不了摇头叹息。

我奶奶卧病在床以后，二十四小时不能离开家人照顾。她有三个子女，加我四个人轮番倒班伺候，依然感觉力不从心。偶尔会想，如果奶奶能再多些子女，也许能够照顾得更好一些。偶尔家人又会心惊，未来如果自己重蹈覆辙，瘫痪在床，一个孩子又怎能照顾过来？

可是家人照顾得再仔细，有些可以做得很好，比如两年多时间几乎没有褥疮，但有些也无能为力，比如久卧导致的沉积性肺炎，所以去年她时常因为肺部感染导致的高烧入院。

内科病区，对面病房住进来一个老太太，仅有一个女儿在外地工作，没办法照顾家里的老母亲，只好送进养老院。不料老太太在养老院摔倒，股骨骨折，转送医院。女儿请了一名护工照料，护工就是郊县普通的家庭妇女，并没有太多的医学知识，无非就是照顾日常生活，做饭洗衣之类。结果不到一个月时间，老太太已经遍体褥疮，日夜痛苦哀号。

摔伤整一个月后，病危，女儿匆忙赶回来，前后脚，老太太撒手人寰。

如果她也能有三四个孩子在身边轮流伺候，也许不致如此，病区内所有人都如是说。

杂货店老板在外做生活，中午不回家，猪肉莲花菜馅儿的饺子，只有老板娘和儿媳、孙女三个人吃。将近十一点，饺子馅儿早就调好，皮儿也已擀得，老板娘给儿媳电话："赶紧到前头来包饺子。"儿子家就在杂货店的后身。

我灰头土脸，想帮忙也怕人家嫌弃，于是告辞。老板娘笑着和我说："你先转转，中午回来吃饺子。"

纵然只是客套，也是令人暖心。

下午再回怀远堡，杂货店店门紧锁，零售业托拉斯歇业，我甚至买不到一瓶水。

缺乏足够的饮水让我头痛欲裂。

出北门，向西，新建有一座娘娘庙，新料新工艺，全无可观。

庙前席地坐着一圈人，不断高声吆喝，我虽然听不懂，但感觉是在开宝。走近观瞧，果不其然，一场赌局。围观者中，显然是在放风的年轻人，目光警惕地盯紧我，其余老老小小，精神全部集中于碗中的骰子。

庄家，赌兴正酣，上身脱得只剩白色单衣的年轻人，盘腿席地而坐，膝下压着厚厚一摞大概有两三万块钱的赌资。见我左右逡巡，他问我来意，我如实相告，然后他用颇带几分威胁的口吻说："我们这里不是旅游景点，你下山去吧！"

参赌与围观者，大多是本地人，操着陕北口音好意为我指出堡城西北角下山的捷径。

我并不想下山，却也不想招惹是非，于是折回堡城。北城垣内，正对着城外的赌局，戏剧性地供着一尊色彩炫丽的财神爷，龛前香烛如新，或许是哪位发财心切的赌徒所为——想来庄家只信千术，不信鬼神——不知道财神爷可曾保得他一人发财，九人家败？

宾馆后身是片农贸市场，卖炒货的坐商，还有推车的游贩，都有在卖炒米。

　　两种，一种糜子和黄豆同炒，一种大米和黄豆同炒，炒得金黄酥脆，看起来像是碾散了的锅巴。卖炒货的大姐说你买回去泡汤泡粥，或者空口吃，都很好吃。我说那就少称点儿，她心狠手辣地装了多半袋儿大米黄豆。

　　多少倒是无所谓，价格不贵，我却是想要尝尝没有吃过的糜子。

　　大姐果断拒绝，理由是"糜子不好吃"。于是我在陕北买到了一袋我来处所产的大米，而且既没有汤，也没有粥，只好空口。

　　脆脆的，淡淡的，粮食的味道。

靖
边

昨夜，横山又是一场大雨。

清晨，若无其事地晴朗。沿街炖羊肉的馆子店门紧锁，早起做生活的只有远道而来的浙江人。杭州小笼包子铺，一案和好的面，一盆调好的馅，老板和媳妇边包包子，边用家乡话闲聊。他们的女儿出来进去后厨，做蛋花汤，打豆浆，盛豆腐脑，片刻得闲，再帮着包上几枚包子。陕北人绝不会做的，棋子大小的小笼包。

南大街南口仅此一家开门营业的早点，生意很好。进店的横山人习惯地用横山话和老板说话，老板听得懂，从层叠如塔的蒸笼中取出一屉顾客所要的肉馅或素馅包子，再用浙江口音浓重的普通话问他们打包还是店里吃，喝粥还是豆腐脑？背井离乡，改得了耳力，却改不了口音。

横山县城，唯有到处的积水，提醒着昨夜那场大雨。夜里十点多开始的吧？窗下农贸市场店铺的雨棚，噼里啪啦聒噪半宿，仿佛耳背的老人聚在一处聊天，声音嘈杂，各说各话。

　　横山汽车站发往靖边的班车，依然只有全程高速公路的七座小巴。八点到时，据说前一辆刚走，候在站外协调客车班次与揽客的年轻人——仿佛承包线路营运的老板——此生上一句实话大约还是在襁褓中哭着说"饿"。先告诉我下班车半个小时就走，再说四十分钟，最多一个小时，再等十几分钟，马上就走，凡此种种，骗得我和其他两位等车的老汉了无生趣。

　　汽车站前人行道上有个水坑，一个红衣绿雨靴的小女孩快乐地蹚水玩儿，她的奶奶站在近旁，慈爱地纵容着她。

　　一个胖胖的姑娘可怜兮兮地和我说："师傅，能帮我把车倒进去吗？"她大概把我当成开客车的司机，我乐意在无尽的等待中造他七级浮屠，于是坐进她险些把我挤死在方向盘与驾驶座之间的小汽车里，揉了半个世纪才把四米一长的车身塞进四米二的车位。她和我道谢，揽客的年轻人和我说"再等五分钟"——若以他的标尺来定义五分钟，那我来到陕北已有十几分钟的光阴了。

　　后来车过黄蒿界，又离奇地遭遇高速堵车，于是再进靖边县城，日已正午。

得益于靖边南部山区丰富的石油蕴藏，靖边县城近些年来发展迅速，尤其新城，道路宽阔，楼宇林立。十一年前初来时只能栖身脏乱的小旅馆，如今各品牌连锁酒店皆备，而且房价低廉，竞争充分的旅店业是我判断一座县城发展程度的重要标准，何况还有满街的豪华越野车，密度之高，一路以来的其他陕北县城望尘莫及。

县城北大街迤北，向东北岔出一条北新街，靖边县老汽车站曾经就在北新街南口，所以两街交汇的三角地广场，也称"老车站广场"。

初来靖边那年，老车站站场还在，泥泞坑洼，只余几辆通村客车，包括朱师傅那辆发往白城则的绿色通村客车，百无聊赖守在站外。

虽然四周建筑不断翻新，老车站站场再无影踪，但是"老车站"的地名、老车站广场与道路格局仍在。而且这里始终是我以为的靖边县城中心，每来靖边，无一例外住在附近并出没于此。

正午的老车站广场，聚集着成百上千的老汉。

老车站广场正北一排门面房，东侧有条窄巷，广益巷。

七年前再来时，广益巷口有间面馆，普通的饸饹面，谈不上美味，却可以疗饥。那会儿是傍晚，记得还有天光。我在等我的饸饹面，撩门帘进来一位老汉，挎着一只历年久远的黑色人造革皮包，包内是灰色包装纸的四川什邡卷烟厂"工"字牌雪茄，还有一条火柴。

所谓雪茄，不过是极劣质的卷烟，行销陕西各地，陇县固关镇上卖菜籽的李永学老汉的评价简单而准确——"老汉的烟"。身上没有什么钱，或者舍不得买好烟的老汉才会抽它，五毛钱、一块钱一盒，质量可想而知。辛辣，呛嗓，嘬一口，满嘴烟末。

饸饹面馆并没有老汉，所以也没有人买他的廉价烟。他有些无望地央求老板买些火柴，可是谁还用火柴呢？他推门要走，抱着最后的希望回头张望食客，满脸落寞。

后来我在店外买下了他所有的烟卷与火柴，我觉得若是随手丢弃，近似施舍，于是离开靖边前全部邮寄回家。然后开始我后续漫长的旅途，去了新疆，去了乌兹别克斯坦，去了俄罗斯。

几年以后，我在家里翻出一个包裹，完全没有印象装的是什么。打开来，赫然是那些靖边寄回来的老汉的烟。

忽然想起那个傍晚，想起那间饸饹面馆，想起那个老汉。

那个傍晚过去了，那间饸饹面馆不在了，那个老汉呢？

我本打算到了镇靖镇再吃早饭，可是穿镇而过的公路两旁，只有几家杂货店，唯一的饭馆虚掩着门，黑灯瞎火，清锅冷灶。

又下起了雨。

靖边县城的建置历史，远比择址怀远堡城近处新建的横山县城复杂。

光绪二十五年刻本《靖边县志稿》卷一"建置志"，序言即是一声长叹：

> 邑自有明设堡以来，沿边一带雉堞崇隆，由东而西，五堡蜿蜒相连。内而公廨、祠宇，外而墩台、戍楼，甚巨观也。经流寇蹂躏后，我朝承平日久，美备渐臻。至同治六年而历代筹备二百余稔之鸿规，尽付花门一炬。

靖边，明置靖边卫，管理本堡及镇靖、镇罗、宁塞、龙州五堡，并定边之五营堡。雍正九年（1731），改卫为县，置靖边县，县治旧靖边营城。

旧治靖边营城，古夏州兀喇城也，在今治南八十里。明景泰四年巡抚陆矩改筑新城，俗呼新城堡，本靖边卫所，城跨半山，周围凡八里，计七百六十三丈二尺，高二丈一尺，楼铺二十座。隆庆六年增修，万历九年砖砌牌墙、垛口，边垣长四十五里，墩台三十一座。国朝雍正九年改为县城，土人今呼新城县，东西南城门三。

明景泰四年（1453），巡抚陆矩（仲舆，1408～1455）改筑新城，俗呼"新城堡"。其后历代增修补筑，"美备渐臻"。不料同治六年（1867），战火兵燹，一矩之后，皆成黄粱，一切"鸿规"，尽为蛮荒。

同治八年（1869），靖边迁治镇靖堡。

新治镇靖堡，即白塔涧，旧号白滩儿。明初始守塞门，成化五年巡抚王锐进守笔架城，八年余子俊移兵守之。城设山畔，系极冲中地。周围凡四里三分，计四百九十一丈，高二丈二尺，东南北城门三，楼铺一十九座。隆庆六年加高，万历六年砖砌牌墙、垛口，边垣长四十七里，墩台四十三座。

然而光绪《靖边县志稿》所谓的"新城"，如今又成旧城。民国二十四年（1935），红军攻克镇靖堡，民国靖边县府迁驻宁条梁镇，陕甘宁边区靖边县府则置镇靖镇。三十一年（1942），为交通便利计，边区靖边县治由镇靖镇移驻张家畔镇，直至今日。

有趣的是，因为景泰四年所筑相对靖边营城而言的"新城"至今不曾更名，所以靖边县城的两迁三地，仿佛宿命轮回：

新城：张家畔；

旧城：镇靖；

老城：新城。

南达志丹县的靖志公路恰由南北两门贯穿镇靖镇，如同南北大道均分镇靖堡城。

镇靖堡城背山而面水，西高而东低。以公路为界，西部为山，东部为川。

镇府所在镇靖村，养牛的老黄告诉我，"大约一千多人"，多在川地西半建房造屋，更近道路，交通便捷。而川地东半，直至东城垣，仍是村民的农田。或也因此，镇靖堡东城垣才能得以保存完整，瓮城依然巍峨，瓮城城门南开，出门一片草场。

更为难得，堡中还有两座砖构建筑存世，老爷庙基台与中山台。两台形制均如怀远堡中心楼，台基四面开门，横跨于东部川地南北中轴大街。

老爷庙四门之上各嵌石匾一额，西曰"节鼎天地"，东曰

"浩气临云"，北曰"一航湛月"，南额则有残存，仅辨第三字为"义"。

民国十七年（1928），县治仍在靖镇堡的靖边县域大旱。十九年（1930），时任县长牛庆誉拔青壮民丁三百，以工代赈，修补城垣，并建"中山台"，以纪念先总理国父孙中山（逸仙，1866～1925）先生。中山台四门题额皆为"中山台"，可惜皆遭刻意凿毁。只隐约辨得上款约是"民国十九年建"。

如今中山台内重新悬挂孙中山画像，可惜毁损的题额依然凿痕累累，沉默表达两个时代。

老黄家就在中山台东道路的尽头。

老黄五十六岁，一头黑发，看起来要比实际岁数年轻。穿着很朴素，近乎随意。一双迷彩作训胶鞋，散着鞋带。一条颜色莫辨的化纤裤子，左膝上破个洞。绣着厂商广告的海军蓝色工作长褂，下摆系在腰间，露出内里的毛衣与衬衫。

我站在中山台下，看见他过去又回来，家中的牲口要打疫苗，去了趟兽医站，却没有找到人。

老黄真是养了很多牲口。他的院子坐北朝南，南院墙外，一排猪圈，虽然存栏的猪已无多，气味却仍很刺鼻。进门，狭长的院子用红砖墙隔出内外两进。羊圈在外进西南角，三只山羊，其余绵羊。最多也是最大的财富，是他养的二十一头牛。东院墙内外两重牛棚，院墙正中开门，白天大牛小牛自由串门，晚上赶回院内，闩门闭户，安全防盗。

他还种着大十几亩地。自家在城外只有五六亩，东家一垄，西家二亩地又赁上许多，全种着玉米。"这里的土地只能种玉米，"老黄解释，"主要是喂牲口，不赚钱，人也吃不着。"内进院子，西侧一架木棍铁丝搭就的千米楼，精饲料的玉米只留一仓，粗饲料的秸秆大捆垛在院外。

所有饲养耕种的工作，全靠老黄老婆老汉俩来做，"太累了"，老黄也觉得年纪渐长，有些力不从心。大部分猪都卖了，羊也只留了十只左右。"自己吃，想吃了就杀一只。不卖。"

老黄以前主要养的是羊，四五年前，羊肉价贱，一斤二十，最多二十几，没有超过三十的时候。开春，老黄把羊全卖了，"最好的大母羊，一只才五百块"，然后这才改养了牛。谁承想，当年冬天，一头大母羊就涨到了一千五。"一只亏了一千块钱。"老黄苦笑。

"现在羊价更好，绵羊一只两千多、三千，"肉价自然水涨船高，"散放羊，四十五一斤，还不好买。"我提起绥德的康老汉，提起他告诉我绥德县城的羊肉价格也才每斤四十，老黄解释："城里买的都是饲料羊，便宜，三十八九块钱一斤。"

当然，饲料羊肉的"便宜"，只是相对于散养羊，实际连老黄也直呼"太贵了"。昨晚路过靖边的炖羊肉馆，我瞥见墙上的价目表，一碗八十，比横山又贵出不少："老百姓没事谁能去吃？太贵了！太贵了！"

老黄有三个孩子，一男两女，都在靖边县城工作生活。

老爷庙西北十步之外，就是镇靖镇唯一的一所小学，也即意味着镇靖的孩子只要上到初中，就要离开镇靖镇，去到靖边县。然后留在那里工作、安家、生养，再不回到闭塞的镇靖镇——虽然两地不过十五里路。

老黄家仅有的孩子的痕迹，就是小孙女的各种奖状，她有个即使出现在言情小说中也不会突兀的时髦名字。老黄思忖着说道："村里剩下的都是四十几到八十几的人了。年轻人，一个没有。"

当然老黄说得有些绝对，公路旁杂货店的女老板也就二十多岁，热心地为我指示回城的途径。但是村里确实很少看见年轻人，上课的时间更难看见孩子，只有三五老汉聚在杂货店前，下象棋，扯闲篇。

不过，"羊价好"的意外收获，就是让一些年轻人又回到了镇子。"回来养羊。老人去城里带孩子，他们回来养羊，搞得好，一年能赚几十万。"既然这么赚钱，我问老黄为什么不再重操养羊旧业？他有些力不从心地慨叹："累不动了。"

牛肉价格其实也很好。出栏一头能卖上两万大几、三万块。老黄提起他刚宰过两头牛，一头出了八九百斤肉，总共卖了六万块钱。

听得我有些咋舌，忙不迭帮他算计，二十一头牛总价六十多万，巨大一笔财富。老黄嗤之以鼻："哪有这么算的？还有小牛呢。"即便如此，老黄一家的收入也是不菲，起码不用如此辛劳。然而他们却比看起来更加辛劳。

前些日子，老黄的儿子手腕受伤，在家养病。老黄把儿子叫了回来，闲着也是闲着，回来帮忙伺候牲口，老黄去了附近的工地。山上新开梯田，需要压井铺设管道，老黄出力，一百八十块钱工钱一天，婆姨也跟去工地做饭，干了五六天，老两口挣了一千多块钱。

"风又大，晒得不行，"老黄憨憨地笑，"春天费钱！放水也要钱，翻地也要钱，还要买种子，还要买肥料。"

"春天费钱，多赚几个。"

其实，对于很多成长于困乏的中国人而言，就像我奶奶每次说完困乏与饥饿记忆之后总结的那句话："怎么能舍得花钱？"

老黄的儿子是老大，劝他无论如何不能再扩大养殖规模了，两个女子更贴心，直接让父母把所有牲口都卖了。我接过话茬："该听女儿的话，你还怕卖的钱不够你们老两口生活呀？"

"我们才能花多少钱呀？"老黄挥手摇头，表示这根本不是问题。问题在于，我们都没有说，只要做得动，老婆老汉是无论如何不会停歇下来的。

留给孩子的财富越多，他们的人生越完满，为此他们不惜劳作一生，节俭一生。

外进院子仅有的空地，还搭了暖棚，种着蔬菜。白菜、油菜、水萝卜。

从堡外的田到堡内的家，他们几乎可以得到生活的一切必须，除了需要一间杂货店，买袋盐，买瓶酱。

雨势渐大，我觉得恼人，老黄却很喜悦，可以省下放水浇灌田地的钱。老黄比划着大约三厘米的厚度说："只要再有这么多湿土，就能种玉米了。"

所以虽然渐大的雨让东城垣内外的黄土变得泥泞，虽然渐大的雨让我在公路上等不到回城的客车，我依然希望雨就这样继续吧。当然，最好，赶紧的，湿够三厘米的土，老黄能种玉米，我能赶紧回返靖边。

老黄说前二年县城才开通往返镇靖镇的公交车，但是因为人太少，时常一车只有两三个人，所以已经停运。不过杂货店的女老板告诉我，公交车还有，只是发车间隔从一个小时增加到了两个小时。

"十二点半有一趟，如果等不到，就是没有了。"

我并不慌张，时间还早，我还有一把伞。

镇靖镇的百姓进城，有搭顺风车的习惯。"到了地方，给个五块十块的就行。"女老板告诉我。

很快遇到了一辆愿意载我的面包车。司机进镇子找人，来时我就看见他，目光接触的瞬间，我就知道他会乐于相助。

因为只那瞬间，我就看到了他眼神中"我觉得你有困难，我能帮助你，但是我不好意思开口，万一你拒绝我会尴尬，所以我等着你开口请我帮助，只要你开口我一定会愿意帮助你"的复杂情绪。

虽然复杂，但这样的眼神并不陌生，我时常会在各地遇见，在那些腼腆害羞的普通人眼中遇见。

于是当他出镇子路过我时，故意放慢了车速，我刚示意，车便停在了我的面前，我甚至无须多走一步。

司机就是镇靖镇人，现在靖边县城工作，也是劳心费力的工作，一辆破旧的小面包，载人载货，劳苦功高。

我自然又会问道："羊价好，何不来养羊?"三十多岁的他和将近六十的老黄观点不同，他有些宿命论，觉得该养羊的自然会一直养羊，不养羊的既不会养，也养不好。

而且他说镇靖镇养羊也不只是因为羊价好："我们这里一直都养羊的。不养羊，一家两三亩地种玉米，不够吃的。老百姓能赚点钱，全靠养羊。"

他忽然问我要去哪里，然后指着路旁一家工厂，告诉我他要到了。

我赶紧致谢，然后问他要收多少钱?

"不要钱。"他说。

镇靖堡若在咫尺，新城堡则在天涯。

靖边县城南去镇靖堡不过八公里，西南去新城乡则要六十五公里。每天只有清晨一班发往志丹县的客车途经，山高水远，道阻且艰。

司机满脸不忿，似乎厌倦已极自己的职业，对于我的所有问题一概置若罔闻。跟车的老汉，也许是车老板，还有热情，两部手机，不断接打沿途乘客电话，确定"下去"吴忠与"上来"靖边途经各地的时间："提前半个小时给我打电话，车到之前五分钟给你拨回去，你再到路边等着。"

果然，两个小时之后，司机忘了我反复和他提起的目的地，直到老汉接听前路等候乘客的电话，说到"刚过新城乡"，我才猛然察觉。司机并不因为他忘记提醒我而道歉，反而摆出难以置信的神情问我："你没有看到新城乡政府吗？"

"纵然看见令堂我也得认识呀？"当然这句话我并没有敢说出口。他的客车午后再由志丹县返程，下午三点半左右再过新城乡，我还要搭车回城。有求于人，礼下于人，于是顺从地下车，恭立路畔，约距新城堡城南垣三里。

弥漫山峦沟壑的雨。

大闫路穿新城堡西门进城，转折向南，沿壁立于牛王山的西城垣向南，出南城垣，出新城堡。

南城垣外，路东一片厂区，厂名"长庆油田公司第三采油厂盘古梁采油作业区"。新城乡所属的王渠则镇富藏油气资源，油田作业队众多，作业队员时常往来镇乡市集采购补给，这让新城乡公路两旁饭店林立，杂货铺也如仓储超市，穿着油田工作服的作业队员开车呼啸而来，熟识的超市老板从仓库搬出成件的啤酒、方便面，再有些零散采购，一并塞进车里呼啸而去。

同样上午十点，昨天的镇靖镇清锅冷灶，今天的新城乡烟火缭绕。作业队员出没不定，饭店随时有备无患，大多已经开门营业。

"李三大酒店"，名号唬人，实则经营的就是普通面饭。作业队员来自五湖四海，南方人不少，陕北特色的羊肉面、杂烩菜之外，米饭是万万不能少的，因此各种炒菜盖饭反客为主，成为菜单的主角。

李三，五十五岁，体形适中，收拾得干净利落。开辆皮卡，载着婆姨买菜回来，马不停蹄帮着主厨的大儿子切菜配菜。他的大名写在店内醒目位置的营业执照上，不过鲜有人知，无人不晓的是他"李三"的诨名："起码新城村的三四百人，都是知道的。"

饭店是赁的房子，进门一大间招待菜客，左边包间，右边厨房。"也不贵，一年五千多块钱，"饭店收入不错，"都是做作业队的生意。"

依仗油田工人的消费，赚的还是辛苦钱。李三说起大约二十年前，那会儿吃油田的，都发了财。"偷油，一袋一白多块钱。"

"一袋?"我有些好奇石油以此计量。"就是蛇皮袋，里面塑料袋，外面蛇皮袋，不到一百斤，一百多块钱。"无本万利的买卖。"一晚上能赚一千多块钱，"李三咋舌说道，"都赚了大钱，去靖边、榆林、西安买了房。"

"现在没有了，"李三也觉得根治的方法很奇妙，"偷油的没抓，把收油的全抓了。偷油没地方卖，也就不偷了。"

不知果然如此，还是李三的齐东野语，可是发财的依旧大有人在，甚而发财的依旧是那些人，只是他们不再屑于"一晚上能赚一千多块钱"的方法罢了。

一如镇靖村，三四百人的新城村，谋生手段同样是种玉米与养羊。

新城堡所在，群山之中一片台塬，北有北门沟，南有南门沟，沟阔而深。北门沟内有一径浊流，汹涌时可以摧毁道路，而南门沟底则已辟为农田。

"山上以前种荞麦，"李三回忆，"后来退耕还林，村里就只种玉米了。大约十几年前，种的都是荞麦。"莫怪靖边街头各色饭馆，炖羊肉、羊肉面、大烩菜，横山亦见，唯有风干羊肉剁荞面，靖边特色。

靖边与蒙古接壤，冲突不断，交流不断，靖边能有以风干方式保存羊肉的方法，并不足奇。剁荞面之"剁"，字如本意，即是以剁面刀细剁而出的荞麦面条。对于喜米恶面的我而言，总是以为面条的各种做法之与口感，纯属玄之又玄，起码现在靖边饭馆的剁荞面，我实在吃不出与切荞面有何不同。

靖边荞面馆的卖法也颇特别，不论碗，论位。比如一位食客三十，一盆风干羊肉丁加土豆丁的臊子，一盆浸水的剁荞面，荞面不限量，管够。类似西南地区饭馆米饭论位，适合力工，菜多菜少、菜好菜坏无所谓，主食必须吃饱。

风干羊肉，论两出售，一两小二十块钱。也是水煮，加辣椒、花椒调味。我觉得羊肉既然风干，还是应吃有嚼劲的原始状态为宜，比如云南的牛干巴。靖边这种的风干兼炖煮的做法，倒也像是游牧与农耕文化的结合，比鲜炖羊肉略多了些风干的野味，我却嫌其不足够，不如手执风干羊肉，甩开腮帮子干嚼过瘾。

退耕还林不再种荞麦，并不影响风干羊肉剁荞面的好生意，毕竟现代社会，商品交流充分。退耕还林的好处却是显而易见的，自靖边县城以来，漫山旱柳、白杨，虽然地面植被依然稀疏，不过今日疏雨之中，烟树迷离，景致即便不敌江南，也非往昔寸草不生的荒漠可比。

烟树迷离的雨，却冷清了李三的生意。"下雨就没人了，油田雨天不让出车。"

将近正午，客人无多，大儿子做好李三自家的午饭，粉丝炒莲花白，加上几块肉丁，盖在白米饭上，一人一碗。

我吃完了我的早午饭，一份肘块肉盖饭，卤好的肘子切块，加青椒、洋葱爆炒盖饭，可能是李三家的绝学，其他地方未曾得见。不打扰人家午饭，起身告辞。

李三问我所为何来，我说来新城堡，李三慨叹："新城以前很多庙，娘娘庙、玉皇庙、城隍庙、牛王庙，都破坏了，可惜了。"

"可惜了。"

还林已然艰难，而有些事物却永难回还。

李三大酒店北向不远，即是新城堡南城垣。

南城垣外，隐约还能得见一座马面，一处阔大的豁口，即是曾经的南堡门，瓮城已无痕迹。倚垣而建十户人家，许多窑塌墙倒，破门锈锁。

忽然从某家废窑里跳出两条黄狗，俨然泼皮无赖，院外的砖路过人，也要疯狂吠叫，并且跃上院墙，叫骂不休。

双黄连骂，惊起五十九岁的老刘出门查看。老刘住在废窑隔壁的院子，就是他养的看家狗。附近的看家狗都拴绳系在门外，唯独老刘散养，打家劫舍惯了，良民走过，撞破一眼，就是不依不饶，比怀远堡聚赌的庄家还蛮横。

老刘独自在家。四个孩子都住在靖边县城，婆姨也进城去带小孩子，家里十几亩地、三十多只羊，全靠老刘独自伺弄。

老刘家的窑是新建，用的机制红砖，旧窑则全是明代砌墙的青砖。光绪《靖边县志稿》记载新城堡"万历九年砖砌牌墙、垛口"，万历九年（1581）砌砖的新城堡墙与垛口，老刘说他小时候依然得见，并且笃定地说出年份："一九七八年。"后来百姓建房，建乡政府，建学校，用的都是城垣包砖，以至现在的新城堡城垣一砖无存。

失去包砖的庇护，夯土城垣风雨侵蚀，塌方陷落，毁损严重，尤以东城垣为甚。

老刘为我指示绕过东城垣的捷径，下临南门沟，与深渊一步之遥的土路，倾圮的东城垣夯土层中，遍布断瓦残砖。

南城垣外有十户人家，是老刘逐一清点后告诉我的数字。

"十户，现在只有三户，三个人。"

新城堡内，同样清冷，主街曾有一座"新城汽车站"，显然废弃已久，裂着墙缝的站房摇摇欲坠。

老刘说城垣之内，"只有几十户人家"，居住在东西走向的主街两旁，临近南北城垣的南北两城，又复农田。

几近堡城中央，主街迤北，有一座土丘。当我登上土丘，风雨正急，寒意刺骨。山顶有一座机制红砖建成的小庙，我欲进庙躲避风雨，瞥见西厢山墙挂着木牌，"草草山龙王庙"，我才知道土丘即是李三和我提起的"草草山"。李三眉飞色舞地跟我讲起草草山的传奇，说草草山上的草是割不尽的，白天割多少，晚上长多少，牛马食用，取之不竭。

但是李三既没有说，我也忘了问，草草山的神迹因何而止？我的足下，杂草稀疏，高不盈寸，新城堡的繁华，新城堡的神迹，止于何时？

同治六年？

同治八年？

草草山上，俯瞰新城堡。

北城垣与东西相接的东北、西北城垣基本完整，而东南城垣倾圮最重。

新城堡原本只开东、西、南三门，如今三门皆无。北城垣居中后开一门，方便百姓出入。

堡城东北隅，牛家老太太正帮着儿子在湿润的土地上扬粪。她今年七十八岁，身体不好，高血压、脑梗、腰间盘突出，但是承包了三十多亩地，正在玉米播种的时节，她无论如何不能闲着。

一条白色的看家狗，在地里欢蹦乱跳，忽而东，忽而西。

新城堡 牛家老太太 2021

白城则

老汉纸烟抽得正酣，刘师傅端坐车尾，视若无睹。

纸烟燃尽，意犹未尽，老汉又从衣兜里掏出黄铜嘴的烟杆，烟锅塞紧烟末，打火机点燃。刘师傅断然制止："车上不要抽老汉烟！"抽老汉烟的老汉唯唯诺诺，走下车来，与我同站路边。

上午的靖边县城，云密风紧，辣眼的老汉烟，裹我一身。

老汉是青阳岔人，姓熊，六十九岁。自家种的烟叶，"大烟"，与"小烟"相对的好烟叶。比起小烟来，"大烟产量低，好吃，"而且还有其他好处，"大烟抽了不咳嗽，纸烟抽了咳嗽。"可是熊老汉大烟与纸烟同服，实在不知道他茫然无措的肺该咳还是不咳？

当然，老汉之所以垂青老汉烟，咳不咳嗽，玄之又玄，要旨还是便宜。"大烟四十块钱一斤，一年三百就够了，"熊老汉指着路边杂货店的烟架，"换成纸烟，好烟不够半条的。"

　　熊老汉从靖边东南一百二十里的青阳岔上来县城，转车要去县城东北四十里的海则滩，他在那里的农场打工，从阴历二月到九月，洋芋——马铃薯——和玉米从种到收，八个月时间，收入大约能有三万块钱。

　　熊老汉在青阳岔的家里有十来亩地，仝种玉米，一年也就能赚个一万来块钱。于是他把地租给了侄子，自己远去海则滩打工。"海则滩地多，都是五六十岁年纪人在种。"

　　不过他们不是"包月工"，而是"干一天算一天"的日结工，每天一百五十块钱。

　　刚种完洋芋，年近七旬的熊老汉累坏了。"种玉米不累，种洋芋是最累的。"一拖拉机拉来五六十袋洋芋，人工逐袋投入高近两米的播种机进料口。"五六千亩地，五六个人。"工作量可想而知。"双手都肿了，"熊老汉用右手食指在皮肤粗糙皲裂的左手手背上一摁一个浅坑，"回家歇了三四天，今天好多了。"

　　"回家三四天，本打算洗洗衣服，结果下了两三天雨。"回家是没有工钱的，因此即便天仍未晴，肿胀的双手没好利索，熊老汉也要着急赶回农场。毕竟在那里，两天就能赚着一年的老汉烟钱。

　　吃住也在那里。"伙食不错，"熊老汉肯定地说，"早饭鸡蛋、馒头、稀饭，中午吃米饭，晚上面条。""米饭都配什么菜？"我问。"粉条子、洋芋，放点肉。"老汉想了想，自己补充道:"做饭的不行,没有味。"

去往海则滩镇的通村客车,终停红墩界镇的白城则村。

将近二十年前,白城则村口路北有两间砖房,一间木器店,一间"万荣饭店"。那时逢集,人马喧嚣,饭店生意极好。洋芋擦擦、水煮玉米,黄米饭、油馍馍,粗茶淡饭,堪能果腹。店里兼有三四张客床,可供往来行旅草草栖止。

白城则村地邻内蒙古乌审旗,也是红墩界镇最北端的村落,店铺无多,万荣饭店是方圆数里唯一的宿处。然而生意并不好,累也不赚钱,十一年前来时,饭店所在,已成一片白地。

又不逢集,村口寂寥,左突右撞,村里遇见背着树梢子喂羊的李培荣老汉,得他指路,才在村南梁上寻着万荣大叔的家。知我来意,万荣大叔的婆姨,刘大娘,笑意越过围院的篱笆,招呼我进门,安置我住在院北的厢房,红砖墁地,一张火炕。

远道白城则,是因大夏国旧都统万城即在村北,与白城则村隔无定河上游红柳河北南相望。白城则村所在的山梁,万荣大叔告诉我名作"波罗池梁",梁上可以远眺统万城兀立高耸的西南角墩。丘陵地区,"望山跑死马",易见难至,因为红柳河阻隔,彼此又在梁上,徒步而去,下上八里。

一趟往返,天已擦黑。

　　如白城则所在的陕北农村，大多至今仍然每天两餐。一般而言，早饭八九点，晚饭则视下午劳作时间，早则四五点，晚则未有一定。

　　村里不再有饭店，擦黑回来，知我必然空腹，两餐已过的大娘执意为我再做晚饭。柴火猪油，葱花爆香，切了个西红柿，小儿子体凯和面手擀的面皮，下锅同煮。夜幕已妥帖，除却几声草虫，梁上有如混沌未开，除却万荣大叔家的一窑灯火。升腾在那窑灯火间脂香面香，十一年来在我的记忆中弥漫不散。

　　那年去时，体凯的小女儿，还有一个月就满周岁了。

　　体凯相貌英俊，身材匀称，却可惜聋哑。他对所有人都报以友善的微笑，可是聋哑却让他无法表达自己的友善。他生怕我吃不饱，擀了太多面皮，我鼓腹吞下三碗，实在难以为继，体凯着急地示意刘大娘劝我再吃——大娘是他与世界沟通的中介。

　　入睡前，他会到北厢房逗留片刻，我知道那是他在用行动和我道晚安。我却不懂手语，不能理解他的肢体表达，体凯焦躁却又无可奈何。后来他费力地写出"野三"两字，我补全"野三坡"，他高兴地点头。然而为何要提起野三坡，我们竭尽所能，依然无法沟通。后来放弃了，彼此沉默片刻，体凯挥手道别，掩上我的门，走进他的窑，关上他的灯。

他或许去过那里？他或许只是想告诉我他知道那里？无论如何，野三坡对他而言必定是处极重要的地方吧？我至今无从得知。

第二天，在统万城盘桓更久，回来更晚，却有一盆红豆稀饭，一碗油炸面果子，一盆酸豆角。

连喝四大碗。

第三天，临时起意要搭清晨七点朱师傅的早班车回靖边，但是窑门紧闭，不知道万荣大叔一家是否起床，既不敢打扰，也不愿不辞而别，于是决定改乘九点途经白城则村口的乌审旗客车。

一场夜雨，梁上水雾氤氲。

知道我要走，冷锅冷灶，等不及生火和面来做全家的早饭，大娘坚持又要为我单煮两个荷包蛋。万荣饭店虽然用了万荣大叔的名字，操持内外的其实都是刘大娘。比起惯与陌生人打交道的大娘，大叔显得沉默而木讷。他不懂怎样与我寒暄，只是默默地蹲在我身边剥玉米粒——陪着我。剥下的玉米粒，偶尔掉落在盆外，不论蹦出多远，都要仔细捡回来。

煮好的荷包蛋，汤水里加了许多盐，齁咸。

我家的荷包蛋都是加糖的，他们很少吃糖。

走时我要塞二百块钱给体凯的小女儿，按照家乡的风俗，初见亲友的孩子，不论大小，都是要给红包的。

可是大娘坚辞不要，坚持不要，反而说起她的歉意："也没有给你吃好，心里怪难受的。"

她握着我的手，不断重复："过年再来，过年杀鸡，杀猪。"

回屋取行李，我把红包压在枕下。

下梁，没走出百米，大叔小跑着追上，把钱塞进我手里，用浓重的陕北口音嗫嚅着说："回去，给你父母买些吃的。"

"回去，问你父母好。"

后来，时常会和大娘电话，我问她好，她邀我再回白城则。

体凯带着小女儿去了靖边县城，和读中学的大女儿一起住在城里的姐姐家。大娘跟着，挤在一起，帮着照顾孙女。她不常在白城则，我更少去陕北，于是时间总也凑不上，转眼四年。

七年之前，再走西北，行至泾阳，崇陵前电话联系，大娘恰在白城则，于是再上波罗池梁。

家里翻新了窑洞，新砌了院墙，院里一圈羊。

大娘赶回白城则，因为正是播种洋芋的五月。院里羊圈之外的空地，也不能闲置，大叔与邻居的亲戚，轮流牵马执

万荣大叔家播种洋芋 2014

犁，大娘挎一篮发芽的洋芋块，犁前犁后播撒。

我是帮不上忙的闲人，只能与散养在院子里的鸡呀狗呀一同待在近旁，张望他们劳作，张望远处天际统万城兀立高耸的西南角礅。

在县城四年，大娘胖了许多，也白净许多，看起来更年轻，笑容满面。体凯有了工作，小孙女也要上学，梁上的沙土虽然出产有限，却有满圈的牲口，住进新窑，生活正在好起来，并将越来越好。

北厢房东山墙外的老厨房，方木桌上摆着满满两大盆鸡肉与猪肉。过年杀的鸡和猪，红烧后冻在冰柜里。大娘兑现了四年前的许诺："过年再来，过年杀鸡，杀猪。"

大娘取来自家的饸饹架，支在沸水的柴锅上，我压饸饹，她煮饸饹。

配着大碗的饸饹面，我们饕餮大块的鸡肉、大块的猪肉。

在黄沙漫道的波罗池梁，可有比这更加美妙的食物？

海则滩镇外，熊老汉下车的地方，刘师傅称作"洋芋基地"。

一条土路，通向田地的深处。熊老汉点一支烟，背起他明黄色的编织袋，径去他还要待上半年的农场。

秋收之后，他大概就满七十了吧？

"日他先人！"刘师傅猛然想起海则滩镇里还有人打过电话让他带货，他却只顾和身后的修车老汉闲聊，忘了个干净。

刘师傅今年五十四岁，跑了二十一年客运。"下来红墩界的人，每个我都认识。"沿途的村民也都认识刘师傅，年纪相仿或更老的老汉把他叫作"刘二毛"，态度如同自己的兄弟或娃娃。

大前天刚从横山到靖边，就在老火车站广场东北角看见了他的客车。问他发车时间，他点着手里的一叠零钞，慢吞吞地反问我："要去哪里？"

"白城则。"

"去干嘛？"

"去李万荣家。"

"哦，认识，那是我姑父。"

刘师傅每天八点从白城则发车，十点到达靖边县城；正午十二点县城返程，下午两点回到白城则；不等候，掉头再上县城，四点半末班车北下白城则。

当然时间都是大概，实际什么时候发车，全看乘客多少，甚至索性坐满再走。

今天周日，乘客很多。老汉上车遇见熟识的婆姨，客套问句："你干啥来的？""我进点货。"进货的是红墩界镇开杂货店的老板娘，六十多岁年纪，一箱各色硬糖，一袋各色糕点，一袋零零碎碎，铺满脚边。

乘客越来越多，货物更多，过道已经堆满纸箱与编织袋，麸皮、草帽、球鞋、笤帚、轮胎，夹缝间甚至还有两盆生机盎然的葡萄秧苗。

乘客也向所有空隙蔓延开来，听着刘师傅的指挥，婆姨盘腿坐上发动机舱盖，如在自家的土炕。满车乘客让刘师傅很快乐，他原本就是一个快乐的胖子，今天更是乐不可支，从车尾开始收票钱，海则滩镇五块，红墩界镇十块，终点白城则十五。他确实每个人都认识，能说能笑，能打能骂，眼见打电话要在半路搭车的熟人等错了地方，摇开车窗探头叫嚷："日你们先人！"

日光酱染了刘师傅的胖脸，衬出一口好白牙。笑得太多，眼角上下两道深邃纹路，仿佛燕尾。他扬起燕尾，笑着和我说："五、六、日生意好，拉出三百块，我就不干了。"

发车前，一个小姑娘跳上车来，要给家里捎点东西。他们自然彼此认识，笑着聊了几句，然后他熟稔地说："到了给你妈妈打电话。"

"我妈不在家，给我舅舅打电话就行。"刘师傅不仅认识红墩界镇的每个人，甚至还有他们每个人的电话号码。

接过小姑娘递来的东西，一袋衣服，一袋成人纸尿裤。

"谁要的纸尿裤？"

"我外婆。"

"不行了？"

"不行了。"

对话依旧是欢快的，仿佛生死无可避免，自然无须悲戚。小姑娘下车后，车里乘客少不了盘问刘师傅几句，刘师傅说就是席季滩谁谁家的老婆，六十九岁，肝癌，晚期，肝腹水。

"年初八才发现，这就不行了。"

生死何其无常。

七年前，我将继续西行，大娘将回城照顾小孙女，只住两晚，又要各自起程。

靖边县城下车，我还记得大娘笑着道别时的模样，却一句也记不起她和我说了些什么。

那天是五月二十五日。六月七日，西行至新疆民丰县，夜晚沙尘暴骤起，路灯下的县城一片混沌。人在室内，灰尘依然灌进嘴里，空气中迷漫着刺鼻的土腥味。

一夜不得安眠，隔天晨起，拿起手机，大娘女儿发来的一则短信："我妈走了。"

那天下午，心脏病发，猝然而逝。

五十九岁。

大娘的坟，就在院外南边田地尽头，沙丘之上，沙柳丛中，一抔土丘。

没有起碑，坟上散乱地压着红砖。坟前一座水泥的供桌，桌上一只空酒瓶，两枚鸟儿啄残的馒头。

大娘的遗像挂在大叔的窑洞里，七年时光，褪色了照片，也让大叔格外的苍老。六十九岁的人，看起来如同八十好儿。嘴里只剩下上颚两颗门牙，双腿罗圈。"走起路来腿就疼得厉害，干不动了。"

大娘在时的那圈羊，三四年前全卖了，和镇靖镇的老黄家一样，卖在了羊价最贱的时候，"五六百钱一只"。也和老黄一样，大叔改养了牛，却不是老黄家一头能卖上两三万的品种牛，白城则的普牛，一头大牛也就能卖上一万来块钱。"品种牛，西门塔尔，种牛太贵，养不起。"

原来院子正中的大羊圈拆了，只留几只自吃的山羊。大娘不在了，大叔腿脚又差，牛羊规模当然远不及老婆老汉身体硬朗的老黄家——偌大的院子，只在西隅有一架牛棚，八头牛，五只羊。

十亩地，全租给了别人。

七年前生机勃勃，大娘一去，七年后暮气沉沉。

白城则也老了。

下车进村，赫然得见十一年前为我指路的李培荣老汉坐在墙角。阴冷，没有旁人，只他自己，如同一垛湿透的柴火。

那年李老汉六十九，身体还好，背着几十斤喂羊的树梢子。今年八十，颓然坐在墙根。我给他看当年的照片，问他还能背动那么多树梢子吗？我以为他会哀叹衰老，没想到他诚恳地说："还能背一点，背不动那么多啦。"

熟悉的村口，熟悉的老汉，我感慨一切还是原来的样子。"不如以前了，人都走了。"老汉叹息着说。

晚饭是大叔擀的面条。大娘走了，大叔开始学着自己做饭，而面条是最简单的。洋芋鸡蛋卤，因为我来，做得格外多，倒在搪瓷面盆里，面条煮熟，捞在卤里拌匀。

一人一大碗面条，一瓶辣酱，拌着面条，有充足的碳水，却没有其他。

大叔的方言艰涩，不像操持过饭店的大娘那样多少可以说些普通话，我们的谈话时常答非所问，时常陷入沉默。

沉默的时候，黑夜悄无声息地吞噬了波罗池梁，吞噬了牛羊。

阒寂无声，我那消失许久的耳鸣卷土重来，无休无止。

波罗池梁 2021

统万城上，朔风呜咽。

午夜，大中略南，薄云缠绵　轮朗月。

清晨，六点，太阳纵身跃过波罗池梁。梁上水雾弥漫，阳光如阻丛林。渐而升高，渐而温暖，水雾散尽，复见暌违三日的晴朗。

万荣大叔家至统万城，下梁上梁，路程依旧八里。早饭后徒步上梁，将近正午，却忽然起风。统万城残破的西北城垣挡不住蒙古掩杀而来的风，风声凄厉，仿佛万箭过耳。继而扬沙，天地混沌，阳光怯懦畏缩，身上再无暖意。

五胡十六国，匈奴铁弗部刘卫辰（？～391）为北魏所败，其子刘勃勃（屈孑，381～425）南投后秦，后秦文桓帝姚兴（子略，366～416）命为安北将军，镇朔方。

兵权甫握，刘勃勃即与后秦反目。后秦弘始九年（407），刘勃勃自认匈奴夏后氏后裔，立国"大夏"，自称大夏天王、大单于，年号龙升。

旋踵南取秦属岭北诸城，西吞南凉。大夏凤翔元年（413）刘勃勃改姓"赫连"，以示"徽赫实与天连"，并命叱干阿利为将作大匠，发秦岭以北夷夏十万人，于朔水之北、黑水之南营起都城。

> 阿利性尤工巧，然残忍刻暴，乃蒸土筑城，锥入一
> 寸，即杀作者而并筑之。

《晋书》载记三十"赫连勃勃"载大夏都城以"蒸土筑城"营造。故老相传，白石灰、白黏土和以糯米汁，为免中生草木，蒸熟之后再行版筑，故而城垣质密色白，民间俗称"白城子"。

陕北口音，"子"读如"则"，白城则村，亦即白城子村。

六年之后，都城建成于无定河畔。新克长安，处于"事业上升期"的赫连勃勃得见他的白城子，豪言："朕方统一天下，君临万邦，可以'统万'为名。"

统万城，城开四门：

> 名其南门曰"朝宋门"，东门曰"招魏门"，西门曰
> "服凉门"，北门曰"平朔门"。

南朝刘宋，东招北魏，西服诸凉，北平朔方，赫连勃勃，野心何其勃勃？

怎奈僻处西北，毕竟蕞尔小国，十二年后，大夏真兴七年（425），赫连勃勃死；两年后，大夏承光三年（427），北

魏太武帝拓跋焘（408～452）挥军攻破统万，置统万镇。

又四年，夏国胜光四年（431），吐谷浑俘获大夏末帝、赫连勃勃五子赫连定（？～432），献于魏廷斩杀。大夏三世二十余年而亡祚。

北魏之后，西魏、东魏、隋、唐亦皆于统万城置镇、州、郡。北宋初年，宋廷以统万城深陷沙漠，恐为奸雄窃据，遂迁城内百姓于绥州（今陕西绥德）、银州（今陕西米脂）之间。再后地为西夏所有，置夏州。西夏乾定四年（1226），城为蒙古克毁，至明初完全废弃。

统万城遗址，今存外郭城、西城、东城三部。

彼时庶民与市集所在的外郭城，城垣毁损最重，基址多已不见。

四门所在，亦是王城所在的大夏统万城，是今西城。西城东城垣分隔西、东两城，两城以"招魏门"连通。东城筑于何时，未有定论，或称为当时衙署区，而署衙皆无。初去之时，一片农田，田间遍布残砖断瓦，甚至觅着一枚锈蚀极重的"开元通宝"麻钱。

西城无有耕作，城内遍地黄蒿、沙蒿、苍耳、灰条、蓑蓑草，遍地散放的牛羊。蒸土所筑的西城城垣森然，西门"服凉门"甚至瓮城仍存。夯土宽厚，附近村民辟窑而居，烟道、气道开于垣顶，状似蜂孔，加之草间毒蛇甚多，行走城

统万城西南角墩 2010

上城下，忐忑不安，仿佛独守孤城的戍卒，忽见天际尘土飞扬。

与波罗池梁隔河相望的西城西南角墩，兀立一千六百余载，残高仍有二十余米。十一年前遗址保护不善，不仅城内可以放牧，西南角墩亦可攀爬。

角墩之上，夯土塌陷成一斗室，身处其中，朔风如刀，可以远眺白城则，红柳河如蛇行于草莽间。可惜壁上刻画累累，遗矢遍地，多拜周遭的陕北与内蒙游客所赐。

好在皆成过往，如今西城圈以护栏，禁牧牛羊，西南墩更有二道围挡，近观尚不易得，何况攀爬？

东城也已退耕，一片荒芜。依然遍地砖碎瓦砾，有如千百年来厝骨于此的孤魂，土上土下，层层叠叠。

北风猎猎，沙尘片刻破城，天昏地暗。

波罗池梁上的一只花卷，实在难敌统万城上的无尽风寒。

万荣大叔家的早餐，七点生火。烧柴火的土灶，燃料除了捡来的沙柳、榆杨枯枝，主要还是玉米饲羊喂牛后剩下的玉米芯。这样可以节省下部分买煤的开销——靖边烧的多是横山煤，昨天同车的黄老汉就感慨："煤又贵了，五六百块钱一吨。"

一架土灶，内大外小两只灶眼。方便操作的外侧灶眼做饭，又不愿浪费肚膛多余的火力，于是内侧灶眼坐一口大铝锅，半锅清水，饭熟菜香之余，也多半锅可以用来洗涮的热水。

总之一切设计，均以节俭为本。

碗柜边一塑料袋洋芋，都已萌发绿芽。纵然发芽的洋芋有毒，浪费也是万不可取的，小刀剜净芽尖，刮去芽根变绿的部分，其余照吃不误。迫不得已亲下厨房七年，大叔的厨艺与刀功全无长进，洋芋丝切得有如洋芋棍。我想帮忙，他却执意不肯："你是客。"

摆在老厨房的冰柜，屯着满满的大叔做不来的馒头、花卷。拆一袋花卷蒸在内侧灶眼的大铝锅里，又拎出一袋豆腐，切成块，与洋芋棍同炖作菜。

"豆腐不容易吃到。"大叔说。

白城则全村无有豆腐房，豆腐只能赶集采购。红墩界镇阴历逢六有集，白城则村逢七有集。万荣大叔家所在的土梁，确切的名称是"西梁"，"波罗池梁"一般指"东梁"。村委会设在西梁脚下公路旁，集市自然就在村委会旁。

白城则村共有八个村民小组，西梁组梁上梁下，拢共只有几十口人，而且绝大多数都是老婆老汉。其他小组也大体类似，因此人少集小。村口开店的燕老板说，白城则的集上也就三四摊生意，一摊卖鸡，一摊杂粮，一摊衣服鞋帽。来上四五十个老婆老汉，冷冷清清。

不过万荣大叔却说白城则的集上是能买到豆腐的，十天买一次，冻在冰柜。不知道今早的豆腐何时冻下，有些吃在嘴里已经发酸。豆腐不容易买，肉菜更难，白城则的集是买不到肉的，想吃只能去红墩界的集，"镇里才有肉铺"。

白城则村去趟红墩界镇，要走十二公里乡道，实在不是能为吃顿肉而轻易愿去克服的距离。更何况，也舍不得。燕老板的店也卖过肉菜，"没人买，放坏了都没人买"。因此想吃肉，只有像以前大娘说的那样，等过年，自己杀鸡杀猪，或者宰羊。

西梁组的村民，主要两大姓氏，李与邵。燕老板听姓就知道并非白城则村人。问他家在哪里，他泛泛指着窗外："那里。"

七年前来时，他在路南的二层新店刚才开张。"一建起来就赁下来了，"他说，"那时候生意好。"

一层杂货店，二层四间客房经营旅馆，每间都是三四张钢丝床的大通铺。我为打听价格，问他如何收费。"你一个人？五十。"

见我不置可否，立即改口："三十、四十、五十，不一定，看你住长住短。"

"四个人住一间呢？"

"一百多，一百，也不一定。"

燕老板说最近三四年的生意大不如前，问他原因，一是村民越来越少，二是"政策收紧了"。"政策收紧了"，花公款的人少了，住店的人也就少了。我觉得燕老板或许会错了意，表错了情，实在很难想象公款会消费在他的大通铺上。

归因未必准确，结果却是切身体会。生意不好，燕老板多种经营的门类越来越芜杂。旅馆之外，店招写着某品牌"净水设备售后服务中心"，橱窗刷着红色大字"三角带""防冻液""润滑油"，白纸贴着"复印""代开税票"。门外堆放着农用物资，五金水暖——附近有水利工地，正可做上些他们的生意。店内更是五花八门，零售饮料、米面粮油、烟酒茶糖、衣服鞋帽、化肥农药，另外还兼营一桌挂彩的麻将。

但是确实没有肉菜，唯一算得上菜蔬的，只有一袋大蒜，几块生姜。

连续两餐面食就洋芋，淀粉就淀粉，未免过于单调清苦，我想为万荣大叔做顿晚饭。简直脱口而出，因为何其理所当然，我告诉他："下午我去买菜做饭。"

从统万城下来，走进燕老板的店，我才知道在城市简单到已经厌烦的"买菜"，原来在白城则是全无可能的事情。

店里迎门横着一台冰柜，冰棒之外，有几袋榆林本地产的"猪肉白葱"馅儿的饺子，斤半一袋，十块钱。从这低廉的价格就知道馅儿必定少肉甚至无肉，可是两袋饺子搭配一袋油炸花生米，几根火腿肠，几头蒜，却是我能在白城则买到的最好的一顿晚饭。

提着水饺上梁，那会儿下午四点，路过李老汉家，他们已经做好了晚饭。

老汉家同样坐东朝西的四眼窑，却是西梁组也难见的土窑。唯一新近的痕迹，就是南侧三眼窑换装了铝合金门窗。

院内南北两畦土地，南边种洋芋，北边种玉米，产量无多，只是他们既闲不住，又不愿土地撂荒的勤俭罢了。

院外北侧是一围旱柳枝条扎起的羊圈。十一年前老汉背着几十斤树梢子要喂的是几十只羊，而现在只剩下十只了。"腿疼，撑不住。"

三眼新门窗的窑洞，中窑起居兼作厨房。南墙下红漆绘彩的五斗橱，正中摆放着一面烫印着红双喜的玻璃镜，或许还是结婚时的嫁妆。北墙下临门一张饭桌，当年出嫁的姑娘，如今已是七十九的垂暮婆姨。她小老汉一岁，守着桌上电炒锅中的"酸菜"——洋芋炖酸菜。

北墙靠里，一台土灶。土灶烧火是极麻烦的事情，灶门又低，弓身弯腰，加柴吹火，两位耄耋老人显然力不从心，于是许久未用，清锅冷灶，权当另一张桌子。老汉坐在灶边，正在把电饭锅煮好的米饭盛出来。煮饭时加了太多的水，米饭黏软如粥。

南窑锁门，"放零碎"。

北窑是通窑的暖炕，炕沿抵门，以至于只留上半截的门扇宛如窗阑。内侧一排炕柜，柜上床单蒙着堆叠的被褥。外侧窗下左右两台电视，老式的体积庞大的阴极射线管电视机。

或许一好一坏，或者都是好的，既舍不得换，也舍不得扔。

老两口有四个娃娃。"有在靖边的，有在乌审旗的，都在外地。"婆姨说起来的口气充满骄傲。老人生活环境的朴素，有时确因老人节俭的执拗，而非子女的悭吝。搬进楼房以后，我奶奶的卧室三十来年几乎未曾改变，能凑合着，便不浪费，于是至今还是电线垂下的电灯，胶木拉绳的开关，两根铜丝拉起的蚊帐支架，从我记事起就在用着的写字台与床头柜，一如李老汉家中窑的五斗柜，彩绘着久远风格的装饰画。

老婆老汉盛情邀我同吃晚饭，再三推辞而出。水饺存进万荣大叔家的冰柜，家中无人，不知还在哪里劳作。门是从不上锁的，推门而入，掩门而出。

买了些点心再去李老汉家。婆姨坐在饭桌前，茶水泡了米饭，一盆洋芋酸菜糊糊。老汉却已经吃好，坐回他每日要坐的路边，看着山羊越出羊圈，攀上土坡，啃食青草。

论起来，李老汉与万荣大叔是姑舅亲的同族平辈，两家也是梁上梁下的近邻。见我提着点心进门，老汉撩开外衣，手杵进内衣兜，要给我"拿点钱"。

后来得知我明天要走，问我还要去哪儿串，我说向西，定边、盐池，他又伸手掏兜："给你拿点钱？"

如同我将出门前的奶奶，当然她不会虚问我，而是递给我一沓钱。一千块，最外面一张横过来，对折夹住其他九张。

大学毕业我去了泉州，我自己期待出门工作，爷爷却在我离家那天伤心地哭了一夜，他觉得我的出门，是因为他没有能力在家为我找到一份好工作。那时候有个本家亲戚做官，爷爷提着两瓶酒去求他帮忙。家中没人，爷爷就坐在他家楼栋的楼梯上，等了一个下午。

我时常会想起那个下午，虽然我并不知道也没有看见，但是那个下午如此漫长，以致迁延纠缠我半生却仍未过去。

爷爷没有什么钱，他的工资基本全数交给奶奶，去世后，只留下一张四千块钱的存折，那是他的一生积蓄。他送我去到邻近的城市坐火车，只有那里才有直达厦门的列车，然后再转客车去到泉州。

在去往火车站的长途客车上，他坐在我身边，晕晕欲睡，脸上不断掠过路旁的树影。

然后我们坐在火车站前的牛肉面馆晚饭。

然后在站台，他递给我一百块钱，我看着他消失在车窗外。

李培荣老汉家 2021

那是我最后一次看见健康的他。

在泉州，没有多久，他突然中风。

山羊从土坡窜上窑顶，可能翻窑走远，李老汉起身要去撵羊。

羊路人是走不了的，他得从院子最南侧的缓坡爬到窑顶。挂着小铁铲，弯腰驼背，步履蹒跚地挪进院子。

李老汉忽然回头，让我晚上来住："你不要嫌弃，就住这里。"

"下次再来吧，下次再来一定住这里。"

"下次怕赶不上了。"八十岁的老汉喃喃回我。

四眼窑最北那间旧门窗的"烂窑窑"，之前我跟婆姨打听："那里是放什么的呀？"

"放上两副材。"婆姨笑着告诉我。

他们的寿材。

"我日你个先人!"

车过红墩界镇,约好等车的村民不在路边,刘二毛师傅打电话过去,那边大概是改主意不上县城了,却又没有提前通知,刘师傅气得不轻:"我日你个先人!等了你十分钟!"

其实十秒不到,满车嬉笑,刘师傅与其说是在和车下的人生气,不如说是想和车上的人逗乐。挂断电话,嘿嘿一咧嘴,继续上路,继续快乐地和车里老汉扯闲篇。

刘师傅起先营运靖边县城到红墩界镇的通村客车,后来白城则的朱师傅转行,他接收了朱师傅的线路。名为不同线路,无非只是终点站北移了十二公里。

他在几乎相同的线路上,不停歇地二十一年折返跑,三分之一的人生。

朱师傅是白城则村人,客车停车村委会门外,现在燕老板的店前。七年前和刘大娘一起上县城,从容吃完早饭,走到梁下,朱师傅的两辆客车已经候在那里。那时候生意还好,朱师傅另雇了一个司机,两人两车营运,而现在刘师傅的一辆客车也时常坐不满,发车时间延迟再延迟。

刘师傅是白城则村南十公里的席季滩村人,客车自然不能停在白城则村口，到达白城则的时间也不精确，总在八点以后。熟悉的村民不慌不忙，我却未免担忧，提前许久下梁，又没有等得及万荣大叔家的早饭。

昨早的洋芋炖豆腐，昨晚的猪肉白葱水饺，都还剩下不少。半盆米饭，几个花卷，同蒸在土灶内侧灶眼的大铝锅中。院里六点半已经弥漫炊烟，七点半剩菜剩饭还没有蒸透，土灶难烧，玉米芯热量也低。

万荣大叔是完全不懂得寒暄客套的朴实农民，以前来时，招呼我的也是刘大娘，大叔或者无休无止劳作，或者在我们身边沉默。

昨晚回我住的窑洞躺下，他走进来，坐在床边的小凳上，沉默半晌，用浓重的陕北口音嗫嚅着说："回去，问你父母好。我这，也走不开。"

今早起床，归置收拾行李，他走进来坐在床边，沉默半晌，用浓重的陕北口音嗫嚅着说："回去，问你父母好。去宁夏，一路小心。"

昨夜三月望，西梁之上，一轮皎月，无有纤缕云朵。

晨曦却又晦涩，如雨如雾的云，不是干脆爽快的晴。我独自走上南边田地尽头的沙丘，钻进沙柳丛中，与大娘道别。

水泥供桌前是红砖堆叠而成的火圈，烧了一沓纸钱。火圈里有掉落的沙柳枝条，腾起一股淡漠的青烟。

我想起七年前的那碗荷包蛋，加盐的荷包蛋。

那年大娘进城照顾的小孙女，今年五年级。

体凯和他的两个女儿　直住在人姐家里。靖边的保障房小区，两室一厅的户型，套内面积有限。大娘进城，大姐家还有两个儿子，为了能够住下七口人，一张大炕占去客厅三分之二面积，几乎没有会客空间。

算上姐夫，就是八口人，好在那时他在铜川的煤矿上班，不常在家。做了二十年"下煤窑的"井下工人之后，姐夫已经退休。退休工资一个月四千六，在县城生活绰绰有余，而且大姐也有工作，在一家饭店当厨师，辛苦忙碌，每个月只有三天假期，每天晚上工作到九点。即便有此两份收入，坐在炕头，抽着廉价纸烟的姐夫依然频频摇头："不够！"

体凯残疾，大姐托人给在县城找到一份汽车美容的工作，可是收入既低，工作也不稳定。"他家的两个女娃，我家的两个男娃，都要我供。"说起来却没有丝毫抱怨，只是陈述，面带微笑，从容不迫。

于是本可安享漫长而优渥退休生涯的姐夫，又去找了一份环卫工人的工作，加上退休工资，"一个月可以赚到六千"。仍然是不够的，可这已是他所能够的上限。本来想去做收入更高一些的保安，但是大姐劝阻了他。做了半辈子井下工人，只同机器与原煤打交道，需要面对纷繁复杂的人的保安工作，大姐担心姐夫应付不来，"万一再有危险"。

我一直很想找大姐聊聊。

七年前在民丰，大姐曾经问我能否回去参加大娘的葬礼。民丰县已在新疆和田地区，距离靖边三千二百公里有余，我孤身背包，无论如何也赶不回去。但我却并未努力尝试，这让我始终心存愧疚。当然她肯定不会介怀的，我终究只是过客。

大姐每天下午两点到四点或许能有一些闲暇，并非固定休息时间，无非饭店没有客人，趁机出来办些自己的事情。镇靖镇回来的那天下午，是我们第一次见面，她比我想象的苍老，长得很像万荣大叔。

她带我去体凯的店里，有招待客人的休息室。体凯高兴极了，给我们倒了两杯热水，可又觉得单调，于是加了许多店里的咖啡粉、奶茶粉和果汁粉，两杯漂浮着各种粉末的混合饮料。我浅啜两口，大姐央不过体凯的劝，喝得干干净净。

店里毕竟人多眼杂，我们大多时间沉默。后来我问起体凯究竟因何聋哑，才知道并非天生，原本健康的体凯，三岁那年不知道感冒还是怎样，忽然高烧，家里请来村医瞧病，村医给他打了整整四十天的链霉素。已经开始蹒跚学步的体凯不但从此失聪，而且直到八岁才能行走。

"那不知道还有没有剩一点听力？"

"没有，去医院看过，大夫说一点都没有了。"

"不知道人工耳蜗有没有用？"

"也许有用吧？可是我们普通农村家庭，哪有那么多钱呢？"

下午本打算去宁条梁镇，东坑镇至宁条梁镇之间的 307 国道有如战场，遍地弹坑与堑壕。

靖边县城开往宁条梁镇的公交车老旧，颠簸剧烈，出门前干饭若是吃得太硬，出东坑镇十里即能摇出满腹爆米花。艰难晃到胡家沟，堵车数百米。

等待半个小时，车里的婆姨开始焦躁不安，有位显然家中有事，不断报怨司机："想办法往前挪挪嘛！想办法往前挪挪嘛！"

司机满脸无可奈何。我自告奋勇下车探看，原来路政施工，半幅修路，却不指挥单侧顺序放行，而是摆一辆工程车将国道堵死。四个人干活，七个人看活，十一根纸烟，燃得更欢。

我上前打听，何时可以放行，看活的一根纸烟回答我说："起码半个小时。"

对向有车从村中小路绕出堵点，作罢，搭上一辆甘肃华池远道而来的出租车，回城。

探马一去不回，不知道婆姨与司机下文如何？

华池的出租车落我在南大街。

南大街惹人注目的，是许多前店后厂的炉馍、麻花、土月饼店，所售三种烘烤或油炸的面食，都是陕北百姓的挚爱。每次去白城则都会买上很多精致点心，其实万荣大叔并不爱吃，前天称上二斤土月饼，大叔虽然只剩两颗牙却也嚼得欢喜。

土月饼，就是本地生产的月饼，面皮裹馅儿，红枣的、五仁的、芝麻的，焙烤而成。所谓炉馍，与土月饼大同小异，只是面皮加入猪油起酥，饼皮较土月饼更加酥脆，但馅料和价格一样，十块钱一斤。

我问忙着盘麻花的婆姨："炉馍和土月饼，靖边人更喜欢哪种？"她不确定，又问她的同伴，然后两人商讨出结论："都一样。"

如果都一样，那饼皮的差异无关宏旨，陕北人，尤其万荣大叔这样曾经困苦的人，欢喜的还是炉馍与土月饼甜腻的馅料。

在家里总懒得做晚饭，去夜市采买，问我奶奶想吃些什么，她或者回答"从来没有什么我想吃的"，或者难得说句："要是有，就买个糖馍。"

糖馍，发面擀饼，饼中薄薄一层芝麻白糖，饼铛上两面烙熟。现在的价格，三块钱，奶奶总还觉得贵。奶奶嗜甜，只要有糖，一切食物就不会难以下咽。米粥加一勺白糖，馍馍蘸一碟白糖，她都可以空口吃下，何况还有芝麻的糖馍？

一起去超市，问遍所有精致点心，没有能打动她的，唯独偶尔会说："家里的冰糖不多了。"每天出门散步，或者去小区的广场闲坐，奶奶都要带上几块冰糖，就用纸包着。她总说嘴里苦，苦的时候就拿出一块冰糖放在口中化着。不嚼，也嚼不动，就化着。

大概唯有甜味儿，才能掩盖曾经的困苦吧？

安
边

三月十七。

逢七，白城则的集，不知道万荣大叔能不能买到豆腐？

逢二逢七，也是宁条梁的集。

宁条梁镇，本地人简称"梁镇"，北接内蒙，西近宁夏，三省通衢，山陕门户，有明以降，兵家要地，商贾辐辏。

同治陕甘战乱，六年（1867）八月初三，宁条梁镇失陷，旱地码头，三街六巷，一炬成空。然而要冲地势不变，乱后总得些许复苏，加之民国二十四年（1935）曾为民国靖边县政府驻地，西距靖边县城四十五公里的梁镇，繁荣远胜北距县城三十五公里的红墩界镇。

宁条梁镇的大集，红墩界镇自然也是望尘莫及。

七点半从靖边出发，一路悬心。东坑镇的 307 国道一如昨日的战场，依然不绝于路的重型半挂货车，好在不到路政上班时间，因此无人堵塞道路，顺利抵达梁镇。

南大街路西，梁镇逢七的大集已经沸沸扬扬开场。

一片长宽各约百米的露天空场，东南角有通道出入南大街。从不见果蔬的白城则而来，只感觉梁镇大集的水果与蔬菜品种何其丰富。果贩的苹果、梨、香蕉、西瓜、哈密瓜、葡萄、橘子，菜贩的西红柿、西葫芦、黄瓜、青椒、圆茄子、小白菜、油菜、菠菜、蒜薹、菜花、香菜、圆白菜——陕北皆称"甘蓝"，显然都是来自批发市场，与城市农贸市场别无二致。

不过更多的，还是附近村民骑着农用三轮车载来的洋芋、紫皮大蒜和大葱。果贩的水果精致而新鲜，显然价格也不便宜，生意清冷。出入大集的通道两边停着几辆货车，车斗堆满没有任何容器盛放的苹果，成色原本不好，滚来撞去，烂果极多，可是价格低廉，"一斤一块！"果然便宜才是赶集的老婆老汉最为在意的，车斗旁边挤满了人，挑挑拣拣，难得能有几枚饱满无伤的好果。

点心杂粮、衣服鞋帽，日用百货，占据空场当中一排，生意相对清冷。

一早晴朗，阳光和煦，无有一缕云，无有一丝风。最难走的东坑至梁镇国道通畅，不期而遇宁条梁热闹的大集，物资丰富，买卖兴隆，虽然我的背包沉重，依然心情愉悦。怎料时近正午，又是狂风扬沙。

"我日你个先人！"

当中一排还有两摊小吃，出售凉皮、凉面、擀面皮、牛筋面、凉粉、大米皮，都是便宜的淀粉，红油重辣，赶集的人乏了饿了，聊可果腹。风沙一起，只得用布幔四周围起，内外互不相见，生意瞬间凋零。

空场北边，半边卖鸡，半边卖猪。

却不是买去吃肉的鸡和猪，而是买去自养赚钱的鸡娃子和猪仔子。鸡娃子价格不贵，十几块钱、几十块钱。猪仔子却很贵。品种的杜洛克，一千二百块钱一只。想买两只却又嫌贵的男人几次过来讲价，老板颇不耐烦地挥手拒绝，男人悻悻然走开，三步两回头，恋恋不舍。

农用三轮车载着一笼本地猪仔子的老汉，一只要价一千的态度明显底气不足。问价的女人抱怨一声太贵，扭头要走，老汉不想丢了生意，低声下气挽留："那你说多少嘛？"

空中一只风沙吹起的黄色塑料袋落下，佝偻着腰的婆姨走过去，捡起来，折好攥在手中。

意外的是，既没有豆腐也没有肉。

稀罕的是在卖苹果的货车旁边有一桶鱼。

苏家包子店的老板娘说，宁条梁的人不会吃。她的店斜对着出入集市的通道，举例而言，像是那桶鱼，她比划出半尺的长度："这么大的鲫鱼，他们说'这可怎么吃呀？'"

还有，泥鳅和黄鳝，宁条梁也是不吃的。老板捏着自己的大拇指接话："这么粗的泥鳅，他要｜五块钱一斤，我说十块钱。他还不太想卖，我说'你不卖给我，根本不会有其他人买！'"

他激赏自己的这句话，兴奋的脸颊泛起红晕。

我问他最后买了吗？"买了七八斤！"

苏家包子店坐定，要了一屉包子，一碗豆腐脑。

老板娘面带微笑，用轻柔和缓的普通话问我："豆腐脑你是吃咸的，还是吃甜的？"店里还坐着两个本地食客，面前各有一碗豆腐脑，我险些以为她在试图挑起我与当地百姓的豆腐脑咸甜党争，直到端出我要的咸豆腐脑，她才解释道："豆腐脑北方都是吃咸的，我以为你是吃甜豆腐脑的南方人，所以问你一句。"

虽然每天面对无数顾客，却依然没有磨灭她的细致与体贴。

最初是她的湖北荆门同乡在宁条梁镇经营早点，后来生意不好，他们接手盘下店面。房租一年一万多块钱，去年因为疫情，六月才回来开门，歇了半年，房钱就亏了五千多。

"吴起还有更糟的,"老板娘压低声音说,"三家武汉人,不是做我们这样生意的,直接不来了。"说起后怕,"幸好我们前年没有回武汉,回了乡下,不然,出都出不来。"

老板娘只有一个儿子,以前在武汉海关工作,为了他,家里在汉阳买了房。结果儿了觉得二四千块钱的月薪太低,辞职创业。"新房只住了两年,一直空到现在。装修得好好的,又舍不得租。"老板摇头叹息。

餐饮业旧称"勤行",原本即是辛苦职业,经营早餐又比其他餐饮更苦。我揣度着问:"每天四五点就要起床吧?"

"两三点,两三点就起床了,夏天一点。"可是老板娘说起时,语气依然轻柔。"又不赚钱。"轻叹一口气。

时近正晌,陆续有人进店午饭。我问生意是做全天吗?老板娘答:"不做晚饭,下午四五点就关门了。"

"那几点休息呀?"我确实难以想象这样的作息时间。

"四五点关门,收拾干净,回去洗洗澡就睡觉了。"他们租的住房就在店后。

进店午饭的本地人,用艰涩难懂的方言点餐,我全然不知他们要了什么,老板娘却能用方言对答如流。我感叹她居然能说靖边话,她轻快又有些调皮地回说:"八九年啦!"

同样在宁条梁八九年的老板,却既听不懂更不会说本地方言。"人家要了一碗馄饨,他转身就做了两碗。唉。"老板娘笑着嗔怪他。

两个人并身靠在案板前，系着同样的红围裙，老板有些显老，前额头发淡漠，胡子也没有刮干净。老板娘染着栗棕色的短发，两枚耳钉，粉色的鞋，粉色的护袖。

然后说起我也熟悉的南方生活。

"没有藕怎么办呀？"这必然是生活在陕北的湖北人要面对的严峻问题。湖北人没有藕的排骨，岂非如同遇见西红柿前的鸡蛋？

"县城里都有，想吃了就打个电话去要，然后让车给捎过来。"

还有我不熟悉的陕北生活。

"这里夏天好过，晚上不盖被子只有很少几天。而且没有蚊子，就是苍蝇太多。"

"冬天太冷，零下一二十度。去年冬天最冷的时候，零下二十六度。"

老板娘指着摆着店内正中的一架煤炉："全指望它。"

八九年了，炉膛的铸铁已经有星星点点的烧穿。

我指着穿孔告诉老板娘，要小心煤气，该换新的了。

"嗯。"

如同陕北人一样带着浓重后鼻音的"嗯"，这是八九年的又一处痕迹。

宁条梁镇仍属靖边县，迤西十五公里的郝滩镇则属定边县。

两县之间客运班车，如同横山到靖边，只有全程高速公路的七座小巴，这也难怪，307 国道实在艰于通行。

若由靖边仍经国道前往定边，唯有搭乘县际客车中转梁镇，然后包车或拼车至郝滩，再坐定边县际客车去往安边镇或者定边县城。反之亦然。

郝滩镇的王师傅，做的就是郝滩至宁条梁的包车生意。

不过今天他有一趟好活，从郝滩镇送人到靖边，一百块钱车钱。返程，东坑无人搭车的，路过宁条梁，进镇子兜了一圈，正好遇见已经自北向南走到国道边的我。在镇里主动包车去郝滩，三十块钱，王师傅是回头车，只要二十。

向来和老汉搭讪，先问高寿。或者以看似的年纪减去十岁、二十岁地问一句："您今年六十……"拖长音，等着老汉接话。

"五十四。"王师傅回答。我们彼此都有些尴尬，还好他是生意人，知道替我缓颊："我们这里风沙大。而且，我身体也不好。"

他有严重的强直性脊柱炎，后背已经驼起，坐在驾驶座上，依然伸颈探头。"跑车对强直性脊柱炎不好吧？"

"不好，"他回答得很干脆，"可是没啥干头。"

王师傅家有近四十亩田地，以前生产队分了二十亩，他又买了十几亩，全种着玉米。一年收入能有四万来块钱。养老足矣，可是，"儿媳妇还没娶过，还得，还得……"他一时不知该如何措辞。

"奋斗？"

"嗯，还得奋斗。"

王师傅只有一个儿子，二十四了。在郝滩，娶门媳妇大约需要花费八九十万之巨。"定边县城买套房，五十多万。买辆车，十几万。给媳妇的零花钱，十四五万。彩礼钱，十来万。酒席和头尾其他花销，三五万块钱。八九十万。"

"这么多？"

"养不起。"

王师傅开一辆几万块钱的国产手动挡汽车，劳苦功高，本该荣休，却仍穿行在靖定两县之间。右侧后视镜玻璃粉碎，透明胶带粘了几圈，凑合的时间想来不短，胶带也已泛黄。

将近郝滩镇，又强打精神开进路旁的张渠村。村道没有硬化，全是沙土路，颠簸比起307国道有过之而又过之。还迷了路，打过电话才终于找到老马家，王师傅从靖边县城给他捎带两个铲车用的电瓶，又能收上二十块钱运费。

下车的王师傅，上身弯曲几成直角。后备箱内还有两箱苹果，捎给镇上的人家，还是一笔运费。苹果太多，几次努力，行动不便的他才合上后备箱盖。坐进车里，长舒一口气。

如果不是为了儿子娶媳妇，王师傅会不会不再奋斗？抑或如同一路以来遇见的其他老汉，奋斗只是因为劳作不可停歇？纵然衰老，纵然病重。

> 旧安边堡城，明正统二年巡抚郭某建，隆庆六年增高，万历六年砖砌，乾隆二十年知县王镈重修。周围凡四里三分，楼铺二十座，牌墙垛口。边垣长三十三里二十三步，墩台五十一座。东门、西门、南门。

嘉庆二十五年（1820）刻本《定边县志》卷二"建置志"记载的"旧安边堡城"，即是今日安边镇所在。古名深井儿地，西距定边县城四十八公里，东距郝滩镇十九公里。

《明史》卷七十三"职官志"："巡抚宁夏地方赞理军务一员。正统元年以右金都御史郭智镇抚宁夏，参赞军务。""巡抚郭某"，即为首任宁夏巡抚郭智（懋明）。正统二年（1437），郭智于深井儿地与今县治督建堡城，取"安定边防"之意，分别命名"安边"与"定边"，并设延绥镇西协安边营与定边营。成化十一年（1475），巡抚余子俊在安边堡城南六十里改置新安边营城，故有"旧安边堡城"的对称。成化末年，以定边孤悬，复守旧安边。

雍正二年（1724），改安边营为安边堡，隶定边营。民国二十五年（1936），定边不守，民国定边县政府迁驻安边。民国三十四年（1945），陕甘宁边区政府再克安边，置安边县，隶三边分区。

三边者，靖边、安边、定边。

清末民初，"设在平川，系极冲中地"的安边，座商满城，客商云集。东路山东、河北，西路甘肃、宁夏来货，不在靖定而在安边集散贸易，因此商业盛于靖定，为三边贸易中心。

民国二十五年（1936）之后，战事不断，交通阻滞，商业每况愈下，生意渐由靖定取代。

一九四九年，安边并入定边县。一九五八年，成立安边公社。一九八四年，改设安边镇。

与本地人聊起安边，都会提及"过去是县城"的往事。向王师傅打听各地集期，"郝滩逢一逢六，安边没有集，是长期市"，也算是安边过往繁荣的最后一点痕迹吧。

十一年前初过安边，镇里只有一条西起西门车站，向东贯穿堡城的东西向大街，路窄屋矮。

如同宁条梁，安边也在307国道迤北，靖边来车，向北进入安边镇南街，十字左转，再由西街向西南折回国道。定边来车，线路反之。

临近交通干线，南街与西街道路拓宽，商业兴盛。每年七八月份，安边云集收购洋芋、辣子、大葱、红萝卜的外地商贩，加之国道过往旅客，令安边住宿业尤其发达，初过时我几难栖止，如今南街即有大小十几家宾馆。

三边的风，犹如曾经蒙古铁骑的袭扰，无休无止。虽然百姓为苦，行人为恼，却也是难得的清洁能源。近年定边县大力发展风电产业，安边附近也建有风力发电站。落脚的宾馆，单间索价一百，还价至八十，老板虽然同意却颇为不甘："也就是今年生意不好，去年你来都没有房间，全是包房的，而且不还价，都是一间一百二。"

我问今年生意冷清的原因，答是风电站建成，工人全部撤走，于是喧嚣散尽，复归平淡。

下午风力愈大，沙石漫天，行路趔趄。

安边堡南城垣外，正对安边人民广场，坐南朝北新建一处"安寺道观"。"安寺"，因在安寺村而得名。正殿祖师殿，几方一九八八年重建时的功德碑，显示建时初衷并非道观，而是一座供奉各路仙佛的"全神庙"。

东侧山墙外，立有一方青石《创建财神老爷庙碑志》，落款"大清乾隆十九年岁次甲戌相月吉旦"。

三边只产红砂岩，不耐风雨，难以传世，堪可粗制条石，作为建筑基础。青石产自关中，质地坚硬，制碑造像，可以千载不坏。加之道路迢远，运输不易，价昂且难得，因此后

安边人民广场 2021

人又在光绪十九年（1893）九月再加利用此碑，于碑阴镌刻一通《重修财神庙碑志》。

以前的安边财神庙，几位老汉都说庙址约在北城垣内正中位置，"破四旧，打掉了"，现在连同其他堡城内同时代拆毁的庙宇，一并复建于安寺道观。不过各皆仅有一殿，仅存一名。

庙宇荒芜，此碑又遭他用，移至安边镇南三十多公里南山深处的一家榨油作坊，并在碑阴再凿石窝两处，用作支撑沉重榨槽的基础。后来油坊歇业，此碑流落至附近一座破土地庙中，直到三四年前为安边本地耆老访得，移回道观。

乾隆碑记日久年深，剥泐较重，难以通读。光绪碑记虽然刻画尚清晰，却因石窝毁去许多文字，也难通录。侥幸，在孑遗的文字中，我看见了构建安边过往繁华的那些身影。

"幸而阖城山陕绅商皆愿重修，禀请官长，议立月兑钱，大小铺户，按丁抽物，积少成多。"当时安边城内店商，除却陕人，还有无处不在的晋商。"光绪十三年，庀材鸠匠。"重修财神庙的工程，始于光绪十三年（1887），历时四年而成。

经理募化重修资金的安定堡城店商与绅士的名字，列于志后，以为"永垂不朽"。

经理募化会首：

长顺义　同盛长　万盛店　长盛裕　魁盛店

□顺店　□盛店　长盛店　晋和店　正顺通

增盛王　恒义魁　□盛生　忠信德　天顺店

绅士：

邹炳□　陈化□　田生荣　郭怀智　冯有翼

时　韩原督工　弟子刘复仁

　　他们即是过去的安边，就像苏家包子之于宁条梁，鳞次于东西大街，行走于南北两城。

　　同在暮春三月，共对凛冽风沙。

三月十八。

后土娘娘诞辰。

安寺道观，祖师殿前坐了满院老汉。骑着电动车四里八乡赶来，并不为求佛拜神，就是见见面，聊聊天，看看老朋友还在不在。

祖师殿三间，左供观音，右供财神。并没有掌阴阳、育万物的后土娘娘，过来祈福的百姓，权且叩拜观音，毕竟都是婆姨，业务能力相当。

供奉的泥偶，形象着实不敢恭维，不过殿门上悬挂的，却是真真正正的清代木匾，一方乾隆，两方道光。原来的寺庙，"破四旧，打掉了"，附近的老汉却把木匾偷偷藏在家里，重建之日，送了过来。

祖师殿，挂"元武圣神"，上款"祖师殿铸建旗杆、重修照壁、补葺砖瓦，屠行阖会弟子虔诚敬献"，下款"大清道光二十三年岁次癸卯浦月吉旦，邑廪生弟子吕希韶熏沐敬书"。

观音殿，悬"忠义师表"，上款"大清同州府韩城县诚心会敬献"，下款"乾隆岁次丁亥四月朔八日谷旦"。乾隆丁亥，三十二年（1767），想来本为乾隆十九年（1754）创建的老爷庙旧物。如今关帝庙另建于道观东跨院，承平已久，无人奠拜武圣，关帝庙里门可罗雀。观音能者多劳，配享一块老爷庙的旧匾，有何不可？

财神殿，垂"普济群生"，上款"三官庙铸建旗杆高竣之期，屠行阖会弟子虔诚敬献"，下款"大清道光二十三年岁次癸卯浦月吉旦，邑廪生弟子吕希韶熏沐敬书"。也是李戴张冠，三官庙新修于道观西跨院东厢，背阴之地，僻静之所。祭天祭地祭水，不如祭财神，都是普度群生，何妨与时俱进？

两方道光二十三年（1843）木匾，透露彼时安边堡城，屠宰行业兴盛，有财有势。二百年以降，安边镇依然如此，南街与西街近十字处，肉铺众多，杀猪宰羊，无日无有。

而且颇与其他地区不同，早晨即开始售卖卤肉。如同宁条梁的苏家包子店，操此业者也是每天午夜两点即起，开火烧卤，下肉焖煮，极辛苦的行当。

卤肉之中，主角的是肘子、头肉，余者有如肥肠、猪蹄、整鸡，只作搭配。

肘子三十块钱一斤。头肉二十二，相对便宜，既能下酒，又可解馋，因此总是卤肉店的最大宗。

"二十也卖。生意不好，怕生意跑了。"见我问而不买，老板娘以为我因价格踌躇，忙不迭主动降价。

虽然不是主动还价，但我基于"还价必买"的江湖道义，走在风凉的安边西街，空口嚼起了肉香脂滑的猪头肉。

西街近十字，路北，初来时的西门车站已无踪影，农村信用社买去地皮，新建了三层大楼，还未交付使用。楼前临街，一字排开四五家豆腐摊，白城则不容易吃到的老豆腐，管够。

"我们这豆腐好吃。"安边镇人均以安边的豆腐为荣。不比常见的黄豆豆腐，安边豆腐以黑豆做成，点卤水，压制略紧，口感扎实。

豆腐房生意极好，尤其摊位当中的一位老汉，主顾不绝于道。不少外地牌照的汽车，停在摊前，一次称上七八斤带走。我问老汉一天能卖出多少？老汉似乎担心我会因眼红而图不轨，于是含糊应付："也卖不了多少。"

后来再问相邻豆腐摊的女老板，她坦率回答："大几百斤，一千斤吧。"

不仅安边、靖边，陕北人似乎都很钟情本地所产的老豆腐。究其原因，东北城角放羊的老汉总结："豆腐便宜么！"

"老汉么，只能吃得动豆腐、洋芋么。肉也吃不动。"他补充道。我和老汉说起西府的那句"有牙没锅盔，有锅盔没牙"，他听得乐不可支，自己改成"有牙没肉，有肉没牙"，不断重复，简直笑出眼泪。可是话锋一转："娃娃不回来，老婆老汉很少割肉么。"

老汉姓王，六十七岁，属羊，家住安边堡城东北隅，有十亩地，"养了十几只羊"。我眼见他的羊群不止此数，分明有二十多只，老王说："其他的都是羊羔么。"羊羔是不算的。十几只大羊也不肥，去年春天才养下，现在一只也就十几斤。山羊长肉慢，三四年才能长到三四十斤。

安边堡城向西发展，西城垣毁损最多，只存西北城角一墩。南城垣仅余东端一段。北城垣未曾开门，居中一座高大土墩，曾经文昌阁基址。文昌阁基址向北，直到东北城角，几乎完整无缺。东城垣南端，安边小学院外，也有高大土墩一座，旧时魁星楼基址；东城垣北端，虽有部分孑遗，坍塌也甚，厚度不及一米，已将湮灭。其间开有出城的道路，土路，泛着白色盐霜的盐碱地，长些稀疏的青草。山羊贪婪啃食。

"这些草以前都没有，"老王说，"一刮风，三五步外都看不到人。"

昨天天气预报晴朗，却浓阴狂风，走石飞沙。今天天气预报扬沙，天却若无其事地晴朗，虽仍有风，却不至吹起沙土。

山羊越是破坏植被，植被越坏的地方越要放养山羊。"绵羊吃得多么，没有那么多草料。一只绵羊顶三只山羊。"老汉边说，边用手中的小铁铲铲起沙土，抛打驱赶羊群。

安边镇的老王，白城则的李老汉，每个牧羊人手中都有一把小铁铲，啃草的羊走散走远，铲起沙土，远远抛至羊行的前方，阻拦驱赶。

老王的羊不是留着自吃，而是要卖的——自吃或者从来都是掩饰卖钱的说辞。他坦白地承认："卖了赚点零花钱，赚点烟钱么。"

不养羊，实在也没有其他的赚钱之道。"我们这个年纪，打工都没人要么。"

昨天风沙中走去安寺道观，道观前广场边缘正在种植一排松树，干活的是十几个老汉，平均年龄起码在七十岁左右。"年轻人谁干么?"老王说："也没有年轻人么。只有老汉干么。一天一百来块钱，买袋面么。"

"我们这辈人，最受罪了么。挨过饿。没读过书。学大寨。交公粮。"老王列举的事例跳跃而无逻辑。受过的罪，他说得最多的不是挨饿，而是没读过书。"开学要交一块钱，没有么。读不起书么。"

我和他说起我的同样挨过饿、没有读过书的奶奶。他也说自己父母那一辈，"更受"。

后墙倚着北城垣，有处老院子，堆起院墙的机制红砖坍塌一地。住在院子里的老婆老汉，七八十岁年纪，"墙倒了也没办法修，弄不动么"。

"以前带着孙子，供孙子读书，现在孙子也走了，就剩老

婆老汉，"老王大约也想见了自己的未来，"又要管儿子，又
要管孙子。"

如同所有留守乡村的老婆老汉，老王的三个孩子也都不
在身边。唯一的儿子去了南方，江苏，打工。

"幸好您只有一个儿子，不然哪里去挣那么多娶媳妇
的钱。"

"欸，对喽！"老王深以为然，他开出的娶媳妇开销清单，
和郝滩镇的王师傅大体一致。

"县城买个毛坯房，三十多万么。还得是背处，好处还不
止。加上装修，五六十万么。"

"彩礼，十几万么。"

"金银首饰，五六万么。"

"零花钱，看家庭条件，多的五万、八万么，少的给
三万、五万么。"

"汽车，十几万的都看不上么。"

"最少，"老王总结，"最少最少，也要六十万么。还要遇
见通情达理的女娃。普通的，八九十万，一百多万都有么。"

已然如此高昂的娶媳妇的开销，老王说还是男方家庭条
件不错的。实在令我费解。他解释道："条件不错，一个男
娃，家里以后都是你的么。要是两三个男娃，要得更多么。
怕给了别的娃么。"

"乡里有油井,村里分点钱,还好办一点。没有油井,挣死也不顶事么。"

安边堡城内没有油井,所以纵然挣死也不顶事,老王也要努力死挣,努力种田,努力放羊,买三块钱一斤的豆腐,给儿子存上八九十万娶媳妇的钱。

初来时所见的东西大街,就是现在标注在路牌上的"东街"。

东街贯穿安边堡东西城门,是清末民国安边繁荣的汇聚之所,如今只因往来车辆不再经行,也便逐渐归于萧条。"门面房赁不出去,开个食堂也没人吃。"老王说。

东街现存的商业,除却邻近十字的几家杂货店,几家铝合金门窗店,最多的还是经营纸火、香烛的殡葬用品与寿材店。

我还从来没有在其他城市看见过有如安边镇如此之多的寿材店,而且店面阔大,店内齐整地排列着少则三四口,多则七八口的寿材——或者单称"材","棺"是很令人忌讳的字眼。

安边镇的寿材,通体电脑雕花,堆砌各种图案,粗鄙而繁琐。却不便宜。好的"延安料子",柏木,油脂大,木色发红,一口售价两三万,要定做,不容易见到。普通的寿材,用的"柴柏",就是山东或者甘南的柏木,成长快,木质柴,五六千到万把块钱就有一口。

赚钱的门路没有，花钱的门路从生到死。白城则李老汉和婆姨给自己备好了寿材，没有备下的，这笔钱就要在走的时候由娃娃开销。娃娃会像老婆老汉给自己挣下娶媳妇的钱那样，倾尽全力买上一口好寿材吗？

"不会。也没必要么。"老王想得开。

嘉庆《定边县志》明确记载旧安边堡城有"东门、西门、南门"三门，但是所有问到的老汉，都坚称安边堡城绝无南门，只有东西两门。我见过县志并实地探访过的各县，还未见过城门记载出错，尤其类似安边堡城，城小而城门简单，难以想象是误记，只能理解为嘉庆以后南门曾有某种变迁。然而嘉庆以后，定边仅在光绪三十二年（1906）再有修抄本《定边县乡土志》一种，也未提及安边堡城门设置，无可考据。

安边堡城正中，曾有"鼓楼"一座，鼓楼之上，建有玉皇阁。鼓楼迤东，又有"牌楼"一座，均为跨街而建。"破四旧，打掉了。"

健在的老汉回忆起童年，也都清楚记得城垣包砖仍在。家住安寺道观西侧、八十四岁的刘老汉说是政府拆了城砖修了桥，老王和其他老汉则说是和鼓楼、牌楼与其他庙宇一起"打掉了"。无论如何，安边堡城四垣，无有一块包砖，反而城内百姓院落，屡见不鲜砌墙垫基的青灰色城砖。

无有包砖，夯土裸露，风雨侵蚀，又有人为毁损。安寺道观前广场指挥老汉种松树、六十岁的老张亲身经历过合作化时挖夯土肥田，这也是关中诸城湮灭的原因。

最后的夯土城垣，多少还能昭示安边堡城曾经的轮廓，而消逝的鼓楼、牌楼，唯一的痕迹，就是几块仅存于老屋旧宅的门牌："牌楼南巷""古楼南巷"。

古楼南巷 20 号，有安边堡城保存最好的传统民居。三间坐北朝南的上房，建筑于五六十年前，质朴实用，没有繁缛装饰，简单的石础木柱，青砖墁地，七十岁的田老太太独居在临近院门的东间。

窗下一张暖炕，炕前一架火炉。老太太盘腿坐在炕上，腿边一只笸箩，箩里一副绣花鞋垫，一团棉线一根针，正在给鞋垫锁边。右手中指戴一枚顶针。

正对着暖炕的北墙，左右两只红漆黄铜的大立柜，当间一张矮橱，架着夹满全家新旧照片的镜框。老伴的遗像，立在正中。确切地说，去世的时候，他还不能称之为"老伴"，年仅三十五岁，不幸罹患肺癌。守寡那年，田老太太三十二。三个男孩，大的十四，小的七岁，她把他们抚养长大，成家立业，定居定边。

老太太则和老房子一起留在安边堡城，东边院门旁养了一只看家的小黄狗，西边新建的红砖房租给了别人。不为租金，只为有个伴儿。

"一个人太孤单了。"我说。

其实这是我奶奶常说的话，劝我结婚，或者说起她自己，都是幽幽一句："一个人太孤单了。"

"习惯了，还好。"田老太太回我。

定
边

砖井堡城，明正统二年巡抚郭某建，万历六年增高砖砌，乾隆三十四年知县徐观海重修。周围凡三里二百五十步，楼铺一十二座，牌墙垛口。边垣长一十七里，墩台二十二座。东曰"靖东门"，西曰"宁西门"，南曰"安南门"。

堡城之内，"三百亩地是有的"。六十四岁的老牛估摸着说。

三百亩地的堡城，住着三户人家，六口人。

砖井堡，是在正统二年（1437）由宁夏巡抚郭智同时督建的三座堡城之一。咸丰《定边县志》又引万历《延绥镇志》，说明砖井堡位置，"砖井堡东至旧安边堡五十里，西至定边营四十里，南至新兴堡一百里"，是安边与定边的居中之地。

一如安边堡，307 国道也在砖井堡南三里处穿过，不过砖井堡却没有连接线与国道贯通，为交通便利，一九八〇年治地由堡城迁至紧邻国道的南李圈。国道连接线的走向尚可决定安边镇内各街的兴衰，何况远离国道？砖井堡内居民陆续迁出，堡城渐次荒芜。

新砖井镇与郝滩镇相似，商铺沿国道分布，饭店最多，本地的烩菜与羊肉之外，还有三两家无处无有的四川菜馆，傻儿鱼、回锅肉，外来的货车司机与石油工人虽然未必来自蜀中，但总是在家即知的口味，多少可以安抚些思乡的肠胃。

镇中一条北去的"古城北路"，步行可至砖井堡东门。

靖东门瓮城已毁，一条东西向的土路，径直穿过荒芜。宁西门瓮城仍在，南向开门；安南门瓮城也存，东向开门。虽然也是一砖无有，但是城垣基本完整，城垣许多窑洞，随着居民迁出而废弃。

城门与角墩之间，有马面一座。安南门外，瓮城西垣与马面之间，一圈山羊，二百余只，刨土啃草，用以保护城垣的铁丝围挡也遭洞开，每日羊自垣上穿越，蹄痕累累，有如破城的铁骑踏过。

堡城西南隅，有牛家的十几亩地。

砖井堡 2021

正在播种玉米。

老牛雇来队里的老薛的播种机，一亩田，四十块钱。老薛五十多岁，精瘦，右眼眼皮耷拉着，罩顶帽子，捂着口罩。播种机卷起尘土，就着风势扑涌，日头又毒。

老薛新买的拖拉机，六万八，加一台二手的播种机，两千多，加起来花了七万块钱。老薛家包着一百亩地，自用之余，给队里其他人家帮忙。

老牛看着他簇新的拖拉机羡慕不已："一年多就能收回本钱吧？"

老薛嗤之以鼻："咦！三年都收不回来！账都没算，给钱的就三四家。"他指着明显比拖拉机旧上一截的播种机说："这都没舍得买新的，新的四千多，成本更大。"

加完种子，老薛爬上拖拉机，启动前打着哈欠说："累得我想睡觉。"

老牛家的十几亩地，散在三处，西南隅一片最大，另两块就在家门前。

东西土路北侧，左右相邻两座五眼窑，牛家在西，张家在东。再向东，是路南的訾家，同样坐北朝南，后墙对着土路，门向东开，门旁一头狂怒的黑狗。

牛家狂怒的黄狗拴在院子西南角，守在厕所门外。西院墙外堆着生火的树枝，墙内彩钢棚，堆着玉米秸秆和玉米芯。

东院，一窝鸡。

门外路南，羊圈里养着十九只绵羊。绵羊太费草料，去年干旱无雨，老牛只种下九亩玉米，收的秸秆没够羊吃。今年雨水多，土壤墒情好，玉米价格也好，收购价格能到一块钱一斤。"往年不行，收购价格低到五六毛，好些也就七八毛。"一亩地，一千五百斤，十几亩地，两万块钱是有的。

投入也大。今天播种一亩地四十，前几天雇机器耕地，一亩地六十。松土之外，还要施肥，一亩地化肥起码要一百五十块钱。种子，七十块钱一袋，能种一亩半。水源匮乏，节水滴灌的黑色渗带，一百五十块钱一圈，也只能够一亩多地。再加上粗水管，水电费，七七八八，"不挣钱"。

"不挣钱，"老牛不断慨叹，"种玉米不挣钱。挣钱还是要种洋芋。"

"为什么不种洋芋？"

"洋芋要好水，我们这水不行，苦水，种不成。"

嘉庆十七年（1812）任定边县典史，嘉庆《定边县志》纂修，浙江会稽人宋谦，曾取定边胜迹为八景：南山积雪、北塞层沙、红柳映岩、花马名池、砖井泉涌、石峡流长、魁星楼耸、元帝台高，并各系以诗。

其中"砖井泉涌"一诗小序：

　　砖井堡城西旧有古井砖甃，因名堡。井泉汲之不竭，
不汲亦不溢，其味甘美。

　　砖井堡因城西曾有甘美水井而名，井在何处？老牛闻所
未闻。

　　伫立西南角墩西望，一片荒芜，西城垣下沙如浪涌，哪
里还有甜水？只有苦水，只能种玉米的苦水。

　　五眼窑里，老牛和婆姨住在中窑。

　　下午他邀我进窑略坐，递给我一听果汁。没几分钟，镇
里接了孙女的婆姨打电话过来，要老汉去接。

　　一同出窑的时候，他说再给我拿瓶矿泉水。

　　"我包里还有呢。"

　　"风沙大，怕不够。"

　　他骑着五千一百块钱买来的电动三轮车，颠簸着出城去
接婆姨。

　　我绕到窑后，看见后墙用的全是城垣的包砖。隔壁张家
的婆姨谨慎地盯着我，我索性也走过去打招呼。"你怎么敢
来定边？我们都不敢去县城，"她说，"你不知道定边有疫
情吗？"

　　我去白城则的那天，定边发现两名境外输入新冠肺炎确

诊病例的密切接触者，不过核酸检测均为阴性。对于曾在北京经历过非典与新冠疫情的我而言，不以为意，对于闭塞的砖井堡，却是近在身边的恐惧。包括老牛，向我打听外界的情况时，全是道听途说来的骇人听闻。

张家后院养猪，前院养羊，数量都很可观，而且生性谨慎，包括种玉米的田地，全部围起。院里养着大鹅，还有三条狗。并且为了保持野性，后院堆着几只风干的小羊，用来喂狗。

张家的狗没有疯狂地吠叫，只是恶狠狠地盯着陌生来客，这更可怕。

张家五眼窑的土路，大约就是砖井堡城的中心，老牛说："我来的时候，还有鼓楼，墙上也有砖，乡里来人，都给拆了。"

"来的时候"，显然不是砖井土著的口吻。老牛的爷爷是榆林人，去世得早，孩子吃不饱饭，自己出门讨生活。老牛的父亲去到定边，学会钉鞋，辗转定居砖井堡城。

问他"来的时候"具体是哪年？老牛回想许久，只记得大约是"分开的时候"。我猜想，或许是生产队公共食堂解散的一九六一年左右。

牛家娃娃多，吃不上粮，老牛十二岁就开始下地种田赚工分。"十二岁干上，现在还在干。"

砖井堡 老牛 2021

看着自己皲裂塞满灰土以至发白的双手，老牛一字一顿地说："我也没读过书，不识字。"

他的右眼通红，我问不是害眼吧？他揉了揉说："就是风沙太大。"

郝滩开往定边的县际客车，清晨有两辆停在安边镇十字。

首班车七点半，卤肉铺与豆腐房正在出摊。北风已起，阳光混沌。两个三十多岁的婆姨不断在给另一个同伴电话，希望她快些赶来，"司机等不住"。同伴磨磨蹭蹭，司机决定发车，让她们的同伴直接赶到"安中"坐车。西街西南与国道连接处，是安边县中学，简称"安中"。

三个婆姨是去定边县城打工的。工厂临时需要工人，得到信儿的婆姨约了两个同伴，匆匆搭早班车赶去县城。后排座毫不掩饰地偷听的老汉忍不住插话就问："一天给多少钱？"

"一百五。"婆姨毫不掩饰地回话。

老汉觉得这是很不错的价格，兴致更浓，挺直腰身，扒得更高，凑得更近，偷听得毫不掩饰。

想在砖井镇下车，径去砖井堡，却又惮于背包过重，决意还是先到定边投宿，卸下行囊。按照十一年前的经验，为后续行程方便，预订了定边汽车北站附近的宾馆，不承想，北站已在去年十月停运，所有客车改由南站发车。南北奔波，大费周折，再搭郝滩客车回到砖井镇时，已过正午。

轻装徒步，阳光也好。路东见有零散油井，想起安边堡老王说过的"乡里有油井，村里分点钱"。后来问与油井相距并不遥远的牛家是否分到钱，老牛说并没有，"只有打在大队的地里，才能分点。各家的地，油井打在谁家的地里，谁才能拿到钱。"

"能拿多少？"

"几十万吧。"

老牛提到镇里某个农技员，油井打在他家的地里，他又有能力，要的钱比别人家更高："发大财了，镇里到处都是他的楼房。"

乍进堡城，我攀上南城垣，走到西南角墩，狂风如狗，扑咬而来，险些把我搡下城台。

西城垣南段许多滑坡，垣上不能行走，于是走在垣下，恰是牛家的田。田地西北角，正是西门内，垄上摆两块破碎的明代墙砖，老牛就坐在那里，和我有一搭没一搭地闲聊。

遍地臭蒿子。

"你来干甚了？"

"看看砖井堡城。"

"那你是有钱人。"

"我没钱，我走来的。"

"你做甚工作？一个月挣多少钱？"

我如实相告，虽然挣得也不多，但是毕竟可以远道而来。

"我西安没走过，"他说，"就走了个银川。"

后来才知道，老汉走银川，也不是为去旅游，而是治病。和我奶奶一样，老牛也是左耳失聪。"十七八年前就听不见，去年，这边耳朵也听不见了，什么都听不见，大车过来也听不见。"他指着自己的左耳说。

老牛一个小子，一个女子，女子嫁在本地，小子在内蒙古，跟在老牛生意做得很大的姑舅身边。老牛也去给他打过工。虽然不识字，年轻的时候在农业社，无师自通学会了开铲土机，东方红铲土机，一个月四十五块钱。去到内蒙古，重操旧业，继续在姑舅的工地上开推土机，一干就是十来年。七八年前，老牛忽然左半身体发麻，检查后医生说是脑梗。高强度的工作难以继续，他回到了砖井堡。

去年忽然耳聋，小子赶紧给带到银川，隔一天打一针，先是三针，又是十针，老牛记得清清楚楚，"一百七十块钱一针"，逐渐又能听到一些，但是远不如前。

"都是门诊，一分钱没给报销。"

老牛的身体确实不太好。他站在家门前的地里看着老薛播种，忽然就流出鼻血。

我恰从西门进来路过，赶紧掏出纸巾递过去，他却推辞了，低头往家走。风扬起血滴，落在我的裤脚。

老牛的父亲，那个会钉鞋，安家在砖井堡的牛老汉，十五年前故去，得寿七十有六。

他以前也问过父亲能否再回榆林。"回不去的。"

牛老汉知道，"回不去的"，并且最终埋在了砖井堡。

訾家的婆姨骑着电瓶车出门，她穿着光鲜，全无务农的模样。她之前回来时遇见过，因此再见时已经熟稔，我们欢快地寒暄，她告诉我也是要去镇里接孙子放学。

明天就是劳动节假期，傍晚回定边的通村客车，坐满红色校服的砖井中学学生，每个人都轻车熟路地在国道旁边的小卖部买上一根冰棍，安静坐等发车。

他们除了书包，还有一包衣物，平时住校，假期前自己搭车，回到沿途各村的家里。

离开前，我特意回到堡城中心，走进牛家的院子，老牛坐在东窑门后，守望着他的羊，他的田。

我示意要走，他挥手和我道别，鼻孔插着止血的白色纸捻。

十一年前，八月十三，三边风雨无定。

夜入定边，投宿东正街，定边营城东门外。

定边营城，明正统二年建，嘉靖中游击梁震设关城，万历元年展西关，三年、四年增修，六年砖砌，乾隆十二年知县石崇先重修。周围凡六里一百七十五步，楼铺二十八座，牌墙垛口。边垣长二十里，墩台三十六座。中门曰"雄封"，东门曰"东定镇安"，西门曰"永定宁远"，南门曰"南定金汤"。东城上有大钟，成化十三年铸，起更止更鸣之。

定边营城与安边堡、砖井堡同筑于正统二年（1437），开东西二门，东西正街居中筑鼓楼。万历元年（1573）展西关，连通两城的原西城门改称"中门"，并于西关城开南门，两城皆无北门。

除中门名"雄封"，其余三门罕见以四字为名，东门名"东定镇安"，西门名"永定宁远"，南门名"南定金汤"，也算是"定边"城名的进一步阐释。

展拓西关之后，中门瓮城仍在。瓮城南向开门，南出瓮城门后西行至西门的道路，即与东西正街略有错位。后为交通便捷，西正街向西取直展筑，成为新的交通干线。

定边营城正中，东西正街之间，筑有鼓楼一座。初建年代无考，万历三十八年（1610）仿造西安钟楼图式，等比缩为四分之一改建。东城上成化十三年（1477）所铸的大钟，后即移在鼓楼上，仍然"起更止更鸣之"，"文化大革命"期间移除，下落不明。鼓楼南侧原有琉璃照壁一座，亦在同时毁损。

鼓楼南北，原是鼓楼南巷与鼓楼北巷，九年前拓宽改造为南北大街，工程同时将鼓楼一并翻新。四百年风雨无恙的鼓楼，险即毁于九年前粗制滥造的翻新，如今北侧墙体开裂，形将坍塌，当地用木板铁架支撑，迹近危楼——又可支出一笔天价维修经费。

西正街向西，雄封门旧址，俗称"中门洞"。路南一排门面房后，即是西关城原有的东西道路，今如窄巷，甚至无有名称。窄巷路南，孑存一段中门瓮城城垣夯土。夯土开凿窑洞，一扇木门东倒西歪，讽刺的是，破坏性的窑洞，却是残垣能够保存至今的原因——不便私拆民居，而非不能私拆城墙。

窄巷与木业街十字，西南角一座青砖建筑的"木业社"。
上世纪五十年代，手工业合作化运动之后，木业路成为定边手工业合作社的聚集地。木业社、五金社、毡业社、麻业社、鞋业社，五花八门。木业社应当是其中规模最大的合作社，前店后厂，面阔十余间，占地面积颇是不小。

至于建成的年代，附近居民有说五十年代，有说一九六二、六三年左右，有说一九六六年，不一而足。无论如何，建筑风格可知，五六十年是有的，而且难得临街店面大体完好，至今仍有商贩赁下南侧两间门面贩鱼。不过后身的院落却是荒草丛生，围绕院落的其他房屋，乏人维护，也多倾圮，一条黄狗游荡其间。

木业街，即是通往定边南门的道路。南门外七十五岁的李老汉，曾是木业社的职工。

南门瓮城东向开门，李家就建在瓮城西墙与南城垣的夹角之间。

东开的院门前一片高台，种一株大叶白蜡，树荫下摆两三条旧沙发，四五把破椅子，一张茶几，形似露天的会客厅。确实也是会客厅，木业街上的老汉，吃饭睡觉之余，过来坐坐，沙发虽旧却仍柔软，还有相处几十年的老街坊。

数百年不断修筑而成的定边城，拆毁却只在几年之间。新版《定边县志》记载："时至现代，城垣失去军防作用，遂于 1980～1982 年，城墙被居民拆除殆尽。"老汉们却众口一词地说，城砖是有计划地拆除修建了防空洞与体育场。

木业街 李老汉 2021

再没有城垣阻碍视线，坐在李家门外的高台，原本南门瓮城所在的一片空地尽在眼底，途经此地的谁也无法逃脱他们的审视，如同殿上的神偶。

李老汉和上午坐在门前的老刘都是神木人。今时不同往日，现在的神木富甲榆林地区，过去却是极穷极苦之地。

民国二十五年（1936），李老汉的父亲从神木逃荒而来，"定边好过一些，旱码头"。一九五五年，老刘的父亲牵一头驴，驴背搭两只筐，一边装着全部家当，一边载着只有三岁的他走到定边。

李老汉的父亲来时只有十七岁，学了手艺，做了铜匠。十一年后，民国三十六年（1947），李老汉出生，他是长子，后来又有了六个弟弟。但他却没有子承父业，而是做了木匠，进了木业社。"铜匠的手艺断了。"

安边镇鼓楼南街田老太太家，她住的东窑，对着暖炕的北墙下，左右各摆一张竖柜，柜上各有一只顶箱，箱柜之上锁鼻合页之类的铜四件，擦得锃光瓦亮。我刚提起，李老汉就能准确描述出模样，那都是他见惯了的父亲的手艺。精工细作，还有陕北干燥的风，都能让那些隐蔽在老宅深处的箱柜"用过一百年，还能再用一百年"。

今天风住沙止，气温陡升至二十七度，日头毒辣。李老汉戴一顶草帽，代替他不再有的头发遮挡阳光。一副石头眼镜，灰色眉丛间挑出几缕白色寿眉，三边的水碱把他残缺不全的牙齿侵蚀得有如土沁。

他的门前，他的地盘，他仰靠于沙发，脚搭着茶几，俨然是所有老汉的领袖，他和老汉说笑，给他们递烟，开着无所忌惮的玩笑打趣他们。

可是说起老铜匠，他却沉默下来，悠悠补一句："一百零三岁。"

坐在他身边的老马解释道："他父亲要是活着，一百零三岁。"

老刘在神木还有亲戚，姑舅两姨，但是许久不曾走动。他三岁来到此地，一口定边方言，说着定边的好。

出生在定边的李老汉更是如此，羊肉、荞面、洋芋，这些三边各地皆有，甚至外间都说他处所产更佳的食物，李老汉却笃定地认为皆是定边最好："横山的羊不行。盐池的羊一般。定边的羊最好。"

神木只是一个写在户口簿上的"祖籍"，除此之外，毫无瓜葛。

就像榆林之于砖井堡的老牛。

熟识的老汉开车路过，摇下车窗，把两只空矿泉水瓶扔上高台。不用一句交流，李老汉起身捡起空瓶，收进院里。

李老汉的院子不小，种着一棵梨树、一棵"小黄果子树"，散养一只小狸花猫，铁链拴着一条小黄狗，看见陌生人害怕得蜷缩成一团，哪能看家护院？

坐北朝南，上世纪七十年代建成的土坯房，柳木、杨木的椽子遍布裂纹。想要重建，却得不到批准，因为基址正在城垣。然而城垣都已毁尽，建满新旧房屋，不知究竟所为何故。

房下院角堆满木柴，密密匝匝，若为引火，未免太多，除非冬季只烧柴而不用煤炭。三边缺水，土地沙化，树木稀少，木业社所用，延安、银川的柏木、松木，吴起的杨木，向来都是贸易而来。百姓炊爨所用，无非是沙柳枝、旱柳条，枯死的榆杨之类，齐整的木柴实不多见。

当然，还有很多杂物，比如，无数老人的执念，空瓶子。

老马祖籍绥德，爷爷辈就来到定边，当然也是祖籍毫无意义的定边人。他小李老汉十岁，似乎却是最好的朋友。两个老汉一清早骑自行车去定边县南五公里的火车站附近挖了不少苦菜，李老汉的婆姨在院子里摘出一袋，再让老汉骑自行车给亲戚送去。李老汉一走，去了主心骨，其他人也纷纷散去，"回去睡午觉"。

下午老马又是第一个过来，推门进院，如在自家。老马最初从事建筑行业，一九七几年开始贩羊。去内蒙古鄂托克前旗买羊："生意好，羊好买，绵羊八九十，山羊七八十。"
问他一只能赚多少钱，"三四十是有的"。

"还在内蒙赚下一个婆姨。"李老汉插话逗他。

"放你的屁！"老马作势要打，高抬手，却轻放下。

老马简称"前旗"的鄂托克前旗，在定边以北八十公里，去时还好，回来就是老马和同伴两三个人，赶着买来的大几十只、近百只羊，徒步走回来。我感叹太不容易，要走这么远的路，李老汉满脸坏笑冲着我说："羊有四条腿，驴也有四条腿么。"

"你听他放屁！"老马简直无可奈何。

晚上就借宿在沿途老乡家，不论蒙汉，"人不错，都给住"。

八十公里的羊路，一般四五天，慢些五六天。"有时候羊走不动，一百二三、一百四五十斤一只羊，人还要背着羊走。"

"赚得多，就是累。"

六十岁那年，老马结束了自己二十多年的贩羊生涯，身体开始变坏，高血压、高血糖。

老马的两个儿子继承了他的职业，可是从内蒙贩羊能赚对半利的时代已经过去，羊价透明，业者众多，利润越来越薄。老马的儿子就在本地，收购屠宰去皮的白条羊，再论斤卖出来，每只羊，"赚一副下水"。

"赚得少，就是不用再受累，不用再去前旗。"

"内蒙养下的婆姨也不管？！"李老汉没完没了。

老马不再反驳，苦笑摇头。他穿着一身白衣的小孙女正从路口走过，看见高台上的爷爷，打招呼说和同学去吃饭。老马点头示意，目光如影随形在小孙女身后。

李老汉也不再说疯话，陪着老马一起看着放学的孩子们走来过去。

院子里的梨花落尽，米脂马号圪台上的梨花也已落尽了吧？

小黄果子树上还有几蓬白花，李老汉的婆姨说："小黄果子可甜了。"

孩子们嗍着香甜的冰棍，老汉们又抽起辛辣的纸烟。

我的晚饭，李老汉与老马推荐城南的剁荞面馆。他们觉得那家的酸汤剁荞面味道最好："价格也便宜，十块钱。"

酸汤剁荞面，剁刀剁出的荞面，煮熟捞在碗里，兑酸汤，加些腌雪里蕻，仅此而已。老汉们告诉我，要想吃好点，"可以加两个荷包蛋"。进店看到价目表，荷包蛋，每个两块钱。

风干羊肉剁荞面确实奢侈，酸汤剁荞面又未免太过寡淡，于是我要了面馆里最贵的肉拌面，小碗十六。漂着一只荷包蛋的酸汤单盛一碗，干面碗中除了腌雪里蕻，多了两勺猪肉丁的臊子。

面很劲道，肉臊颇咸，可以果腹。

我本想去吃摊馍馍的。

盐
池

天将入夜，乌云如铁。

终于不能像十一年前，忽见云隙，残阳如血。

那年也自定边来盐池，车过王圈梁，路南赫然一道边墙，残垣蓑草，兀自伫立于风诡云谲的毛乌素沙漠。

"长城"为今人称谓，明季谓之"塞垣""边墙"，简称为"边"。

边墙非止一道，因时因地，或有补筑，或有重修，形成多道边墙的纵深防御体系。

成化十年（1474），延绥巡抚余子俊奏准筑墙，东西延袤一千七百七十里，是为"成化墙"，又因地在黄河迤东，又名"河东墙"。近两千里河东墙，役军四万，三月而成，《延绥镇志》"修边记"载："垣墙庳薄，取足限内外而已。"历时仅五十余载，如马汝骥（仲房，1493～1543）《定边营墙堑碑》

所言:"乃岁久湮翳,亡所控御。"

嘉靖十年(1531),兵部尚书、三边总制王琼(德华,1459~1532)奏准于成化墙南改筑新边。嘉靖墙夯筑于丘陵平漫沙地,东起定边,西迤灵武,工程质量远胜前朝。且为增强防御,内筑边墙,外挑壕堑,部分壕堑深宽皆两丈,故而嘉靖墙又称"深沟高垒"。

多重边墙,民间多会简称为"大边"或"头道边"、"二边"或"二道边"。然而孰大孰二,并无绝对标准。

成化墙因山设险,屯田多在其外。弘治中,延绥巡抚文贵为防护屯田,在定边、靖边以北筑边墙。延绥镇两道边墙,迤北弘治墙称"大边",迤南成化墙名"二边"。

"大边"与"二边"分列于延绥镇三十六营堡南北,划归就近营堡防守。嘉庆《定边县志》所载各堡建置,旧安边堡"边垣长三十三里二十三步,墩台五十一座",砖井堡"边垣长一十七里,墩台二十二座",定边营"边垣长二十里,墩台三十六座",即为营堡所辖边墙长度及墩台数量。

而宁夏镇两道边墙,则称迤南距离临近县城的嘉靖墙为"头道边",迤北成化墙仍称"二道边"。

定边至盐池307国道南侧所见边墙,即为头道边。近五百年后,边墙墩台,依然清晰可辨。那年我在王圈梁收费站下车,向东回踏边墙十里,行至花马盐池池北北畔村,残墙断垣愈甚,墙上垣下皆难再走,无奈放弃,国道旁搭返城出租车入盐池。

十一年时光，不知又削低了边墙几许，却长高了国道旁的榆杨。两相比照，边墙不再如初见时孤兀，形如老去，逐渐低矮，逐渐沉默，直至归于虚无。

经停盐池的客车，终点是在老马曾去贩羊的鄂托克前旗。每天上午九点四十、中午十二点、下午四点各一班，早班车乘客最多，货物也多，过道塞满，发动机舱盖又堆上两大包衣服，车内简直不能落脚。

定边汽车南站发车，途经关闭半年的北站，又有货主要送五桶奶子去前旗。司机一边劝他最好下午送货，"下午四点那趟车人少"，一边把车内货物层层撂起，腾出空间，塞进五大桶奶子。"想喝奶子就喝。"司机惠而不费地招呼着，以示歉意。当然并不会有乘客真去打开奶桶盖子，人货纠缠在一起，简直动弹不得。

大多乘客都去前旗，如果不是车站乘车，司机大约并不想载盐池的半途，毕竟票价差出一倍还多。所以沿途他宁可载上五桶奶子，也不愿再拉候在路边要去盐池的老婆老汉。"坐下趟吧，下趟马上就到。"他给他们无谓的希望，也许这样能让他不会负疚于自己的拒绝，虽然他明知下趟要在两个小时之后。

盐池，古盐州地。明正统八年（1443）在置花马池营，成化年间再筑花马池城，弘治六年（1493）改为花马池守御千户所，正德二年（1507）改为宁夏后卫。雍正三年（1725）废卫所置州县，改宁夏后卫为灵州花马池分州。民国二年（1913）再改花马池分州为盐池县。

> 花马城，明后卫所，今属灵州。旧城筑于正统八年，在塞外花马盐池北，天顺间改筑今地。城门二，东曰"永宁"，北曰"咸胜"。万历三年开南门，曰"广惠"。八年巡抚萧大亨甃以砖石。国朝乾隆六年重修。周围七里三分，址厚二丈五尺，顶厚一丈五尺。门楼三座，角楼四座。池深一丈，宽二丈。

光绪三十三年（1907）修抄本《花马池志迹》"城池堡寨第四"记载的这座花马池城，十一年前来时，城垣仍在，虽然包砖已无，残损也甚，但总体轮廓清晰。今天再见，焕然一新，通体包砖，门楼巍峨。甚至原来不曾开门的西城垣，居中也辟门洞，也建门楼，规制与风貌彻底改变地修旧如新。

四面城垣，均开有玻璃观景窗，其下保存原始夯土以供观览，却也由此可见复建工程其实是以钢构混凝土框架罩于城垣之上，再贴外砖，着实异乎寻常。

复建工程始于六年前，"古城墙修复和环城公园项目"作为纪念红军长征胜利及盐池解放八十周年的献礼工程，总投资十亿两千万元人民币，其中古城墙修复投资两亿，环城公园建设投资一点二亿，棚户区拆迁安置投入七亿。

十亿两千万元人民币。

午后沙尘又起，立在如新的花马池城头，四野苍茫，心绪难平。三边诸多营堡，残败不堪，无有一钱保护，花马池城却得巨资复建，甚至过度修缮，若以诸营堡视角等而视之，未免患之不均。

如同初来，中午又去西关街南口荞面馆吃鸡肉摊馍馍。

摊馍馍，荞麦面加少许白面，和成面糊，铸铁鏊子或索性用铁锅，刷少许清油，摊面糊烙成薄饼。摊馍馍没有任何调味，一般搭配羊羔肉或鸡肉同食。

十一年前，鸡肉与羊肉摊馍馍，都是二十块钱一份，如今鸡肉摊馍馍一份三十五，羊肉摊馍馍索性无有："羊肉太贵，一份要卖六十，没有人吃。"老板娘解释道。

三边土地贫瘠，物产有限，洋芋荞面之外，食价甚昂。荞面馆旁的猪肉干饭——各种猪肉炒菜，搭配米饭——少许猪肉片，加豆芽豆腐、粉条葱椒，小盘二十二、中盘三十四、大盘四十。如果"净肉"，纯炒一份肉片，小盘六十，大盘八十。如此价格，纵然在北京也是昂贵。

鸡肉摊馍馍，所配一碗炖鸡肉，肉不过七八块，也多是脊背、翅尖之类的劣肉。好在摊馍馍管饱，本只给我十张左右，原来后厨还在接着烙，不多会儿又给我续上十几张。

有位六七十岁的老汉，提着一大塑料袋药物进店，恰巧见此，也想吃摊馍馍。如果论斤约，摊馍馍必然是很便宜的吃食，纯面而已。老板娘却不愿单卖，都得现烙，费时费力，又不赚钱，"要吃就得吃鸡肉的"。

老汉衣服脏破，一双布鞋，鞋尖让大拇脚趾顶出两个洞，和老板娘磨烦半天，末了还是没有舍得，看着墙上的菜单，要了一碗全店最便宜的酸汤面，九块。

饭后回宾馆，路过盐池著名的手抓城，进门翻了下菜单，手抓羊肉已经卖到一百零八块钱一斤。店内满是食客，店外满是豪车，一辆银川牌照售价过百万的轿车停下，司机打开后备箱，搬出成箱的酒，上面搭着两条昂贵的纸烟。

营堡际遇，一如人生际遇。一百里内外，残垣也是一堡，砖城也是一堡；一百米左右，素面也是一饱，肥羊也是一饱。

昨天在陕西定边想吃摊馍馍，今天到宁夏盐池来吃摊馍馍，并非宁陕两界的摊馍馍如何美味，而是我奶奶会做很好吃的摊馍馍。

彼摊馍馍非此摊馍馍，也是白面调成稀面糊，却要调味，加上葱花咸盐，铁锅热油，面糊摊在锅中，再打一枚鸡蛋，半炕半烙，表皮酥脆，内里松软，而且咸香有味儿。

我明知两者味道会不相同。

奶奶生病之前，如果我在家，每天早晨或上午醒来，不论几点，奶奶都会过来问我："你可想吃什么？给你摊锅馍可好？"

"好呀。"

好呀。

池也何名马？池开贸易通。

一泓光积雪，千里影追风。

利牧传秦伯，和戎纪魏公。

鱼盐昭画一，岁献五花骢。

嘉庆定边典史宋谦所作"定边八景"之"花马名池"，小序道：

盐场堡北有花马大池，本西秦牧地，池产盐，前明天顺中复以盐易马，故名之。

作为朝廷重要赋税来源，盐业历代专营，产盐之地，皆为重地。盐池，顾名思义，因县境多有盐池之故。

明洪武二年（1369），置灵州盐课司。嘉靖十九年（1540）刻本《宁夏新志》卷三："灵州盐课司、巡检司，初无城廓，今有之，名惠安堡，二司皆在于内。"灵州盐课司主要职责，即为管理辖境大、小二盐池。大小盐池之盐，一般销往宁夏、庆阳、平凉等地。延安、榆林等地原食河东盐，隆庆四年（1570）以后，亦改食大盐池盐。大小盐池所得盐税，多作边费开支，成为明季安定三边的重要因素。

清光绪六年（1880），左文襄公（左宗棠，字季高，谥文襄，1812～1885）用兵西域，为筹措西征军饷，创设花定榷运局。大小盐池，一如不带刀的刘襄勤（刘锦棠，字毅斋，谥襄勤，1844～1894），不跨马的金忠介（金顺，字和甫，谥忠介，1831～1885），再为底定新疆，巩固边陲，立下卓著功勋。

大盐池者，花马盐池。小盐池者，惠安堡盐池。

民国二十五年（1936），红军攻克盐池县城，民国盐池县府迁驻惠安堡。二十九年（1940），民国宁夏省政府将同心县韦州、下马关、红城水与金积县红寺堡划属惠安堡盐池县。三十六年（1947），陕甘宁边区三边分区盐池县失守，民国盐池县府迁回县城。

曾为民国盐池县府十二载的惠安堡，地处盐池县境西南边缘，距离县城八十八公里。盐池发往惠安堡的客车，十一年前早班车七点半，如今却晚到八点半。

"车次少得很。"

确如汽车站工作人员所言，偌大的盐池汽车站站场，仅有盐池所属吴忠、省会银川、邻县定边、邻省省会西安，以及所辖惠安堡、大水坑两镇等寥寥几条班线客车。

惠安堡盐池县曾辖的韦州、下马关两镇，一九四九年复归同心县。同心回民九成以上，汉人生活不便，许多迁居邻县盐池。盐池、同心均属吴忠市辖，却迄今没有开通班车线路，可知两县百姓几无走动。

"要去红寺堡转车。"红寺堡，吴忠市的第二个市辖区，西距盐池一百五十公里。盐池汽车站八点半途径惠安堡、红寺堡，终点中宁的早班车，大部分乘客即是去往红寺堡。

十一年前出盐池的道路颠簸泥泞，坐在窗边，看着车轮碾过路面坑洼溅起几日的雨水，是不断闪回在我记忆中关于盐池的画面。

今非昔比，乍出盐池汽车站，双向八车道的县城主干道令人叹为观止。最近几年，无论从甘肃平凉进宁夏固原，还是从陕西榆林进宁夏吴忠，总有乡下进城的错觉。宁夏基础建设投资之大，质量之好，远非相邻的甘肃、陕西两省可比。

惠安堡汽车站前，东西向的主街兴惠路宽阔整洁，只是行人寥落，街面萧条清冷。三五个包着防沙头巾的女人，忙着为道路绿化带种植侧柏。之前种下的树苗，枝叶焦黄。

陕北一路以来，成片种植的林木之间，总伴有许多枯死。缺水加之土力不足，成活率下降，绿化工作艰苦卓绝。

清晨的晴朗，毫无意外地转阴，风沙又起。

兴惠路向西，穿过纵贯惠安堡镇的 211 国道，过去的惠安堡城，就隐匿在依然立着语录碑的广场身后。

　　惠安堡，城周围二里四分，明巡抚黄嘉善甃以砖石，巡抚崔景荣题设盐捕通判。高三丈，址厚二丈五尺，顶厚一丈五尺。门二道，门楼二座，南北敌台三座。驻通判。

嘉庆三年（1798）《灵州志迹》卷一"城池堡寨"记载的小盐池城惠安堡，周围仅二里四分，远小于周围七里三分的大盐池城花马池。"门二道"，分别开于北南城垣。南瓮城门仍存，拱券条石、青砖皆存，其余仅存夯土。瓮城南北开门，富民北路贯穿而过。南门名为"阜财"，石额现存盐池县博物馆，上款"大清道光二十五年夏五月吉旦"，下款"合堡绅商建修"。

盐池博物馆外碑林，另有一通"吴公重修盐门楼碑记"，记述雍正五年（1727）一位籍贯通州、名作吴应璘（玉章）的本地官员重修门楼之事，开篇有句：

　　堡之城西，相去数武，则为盐池，其池掘地皆能应手成盐，不煮不莅，而国课之一万有奇，皆于此是赖。周围四十余里，设有壕墙，以防窃盗。又设门关有二，其一督放盐觔，其一则与民出入。

惠安堡城垣，东侧临近公路，几乎荡然无存。西城垣多为民居墙基，虽存却也残损极甚。西北角墩、北城垣西段保存相对完整，北门瓮城亦有残垣。

堡城筑于高台之上，站在西城垣缺损处，可以居高临下，俯瞰惠安堡盐池，阴郁苍茫，如渺远汪洋。

同治陕甘兵燹，惠安堡地当要冲，焚掠甚重，八百多盐户死走逃亡，十室九空，盐业从此萧条。断续开采至上世纪八十年代，因含硝量过大等原因，惠安堡盐场于一九九四年彻底破产，往昔"掘地皆能应手成盐，不煮不菹"的小盐池，彻底湮灭于历史。

南瓮城门楼，住在堡内的老赵称之为"炮楼"。老赵家的正房就建于南城垣旧址，南瓮城城垣皆无，因此瓮城门楼孤悬于外，加之以前惠安堡派出所就建于门楼之上，颇有"炮楼"气象。

老赵今年五十七岁，孩子都在银川，婆姨去带孙子，他自己独居堡内，开辆农用三轮车，种着五十亩地的玉米。"腿不好，羊也不养了。"

惠安堡城之内，现今只住着二三十户人家，穿城而过的富民北路，半晌不见人行。北口略向东偏，恰从北门瓮城东缘掠过。原本北门位置，新建一座玉皇阁，却也院门紧锁，阒无人踪。

将近正午，才见着老张骑辆红色的自行车自广场过来，我忙不迭打招呼，问他些惠安堡城的过往痕迹。老张跛行，双腿似有残疾。我问怎么回事，他只答句"没治好"。虽然艰于行走，他也没有骑车自去，而是趔趄着坚持陪我步行。

六十多岁的老张，三十多年前自惠安堡南二十多公里的萌城迁来堡内。萌城，曾设小盐池批验盐引所，与惠安堡亦是有着臭大的渊源。

无论"兴惠路"，还是"富民北路"，都可见惠安堡当地对于脱贫的渴望。宁夏基础建设极好，可是改善民生难比建楼铺路，资金到位，屈指可期。百姓家总有这样那样的问题，或者不期而至的灾祸，比如忽然而至的腿疾。

冬季气温严寒，沟壑地势坎坷，加之饮食结构单一，劳动强度过高，自入陕北以来，"腿疼"是影响到很多中老年劳动力营生的现实问题，他们很多并不算高龄，比如五十九岁的万荣大叔，五十七岁的老赵。老张的问题更严重，他不是腿疼而是腿疾，去西安看过医生，去银川瞧过大夫，却始终没有找到病因，自然也无有对症治疗。

老张家在堡城西北隅，一进院子，门向东开，三间背西向东的老房，三间坐北朝南红顶的新房。门前一辆蓝色农用三轮车，比起其他门外院内停着汽车的家庭来，显然寒涩许多。

左邻右舍，只有老张家是本地人，其余院子都租给了来做废品回收生意的安徽人。院外挂着"废品收购"的招牌，院门洞开，笼子里养着看家的狼狗，院内堆满按类堆放的再生资源，空瓶子如山一样堆在作为院墙的北城垣下。

不知是坏天气让惠安堡更加萧瑟，还是惠安堡的萧瑟让天气更坏，正在西城垣外的盐池边逡巡，又下起了雨。刺骨的风，冰冷的雨。

绕进堡城，走到老张家院门前，老张止在院里趔趄着收拾杂物。手机电量将罄，我问老张能不能进屋充会儿电。当然我更想再和他聊聊，聊聊惠安堡，聊聊他的腿疾。老张自然不会拒绝，于是领我走向老房南间——看起来是老张家的客厅。

撩开沉重的门帘，我也只看到这一眼，老张的婆姨从中间走出来，面色比天气还阴郁地说："我家没有电，你出去。"老张木讷地站在客厅，没有说话。

人与人的互动，大体是渐进的过程，逐渐熟稔，逐渐冰冷。很少遇见如此没来由的仇恨。当然不接待我也是她的权利，我说没必要恶语相向，有话应当好好说。

她很狂躁，不依不饶，说她心情不好，说我私闯民宅。"没有私闯，是你男人让我进来的。"没想到我的这句话却给老张惹下天大的麻烦，婆姨返身从院门跑向木讷立在客厅门前的老张，右手抡圆了给了他一耳光，打得老张向后趔趄，险些摔倒。

这令我瞬间愤怒，喝止她住手，并且立即报警。

站在门外，她依然狂躁，老张跟过来，木讷地倚在门旁。令我惊讶的，不是婆姨的歇斯底里，反而是老张甚至已经不再感觉羞耻，在陌生人面前挨了婆姨的掌掴，没有反抗，却也没有躲起来，而是杵在陌生人眼前，手足无措，仿佛挨了母亲打骂却又不敢也不能离开母亲的孩子。

见我第二次报警催促，婆姨略有一丝慌张，试图扯我进院子。"我告诉你我为什么心情不好！"她推开老房北间的房门，提醒我注意屋内弥漫着的农药味儿。然后在院子角落拣起一只"毒死蜱"乳油的空瓶，告诉我："他喝农药了，我心情不好！"

"为什么喝农药？"

"因为家庭琐事！"

"那还不赶紧去医院？"

"没事，他就喝了一口！"

警察来后，婆姨继续狂躁，为免激化事态，我离开现场。

后来我与警察联系，询问出警情况，大体印证了我的猜想。在需要体力劳动以求温饱盈余的农村，男人因病失去劳动能力，家庭经济状况恶化，婆姨承担更多工作——面对配偶的疾病与生活的艰辛，并不是每个人都能任劳而又任怨，于是有些人选择离开，有些人选择了家暴。

六十多岁的老张，并不能像城里人那样退休；罹患腿疾的老张，也难像郝滩镇强直性脊柱炎的王师傅那样另谋职业。

劳作不可停歇，而他却不得不停歇。

生活令他绝望。

同心

惠安堡城富民北路北口，路东一辆安徽阜阳牌照的货车，车斗里架着正在工作的食品膨化机，一对父子忙着把新做出的空心玉米棒运进院内装袋。他们是清晨惠安堡城仅有的身影，我想攀谈两句，可是机器噪音巨大，淹没一切言语，震碎半城宁静。

张家院门紧锁。

路南，正对惠安堡汽车站，是镇里的菜市场。临街一排肉店，老板拿着喷火枪在为门外铁架上的一堆冰冻猪耳朵燎毛。猪耳朵受热卷起，耳尖焦黑，滴落满地融化的冰水。

菜市里一排坐商，码着齐整的批发蔬菜。几摊水果，老板嗑着瓜子，百无聊赖。天气终于坚持住晴朗，没有转阴，无有风沙，却依然萧条清冷。

汽车站外等活的黑车生意也大受影响，半上午没有开张，司机长吁短叹："农忙，都回村了，城里没有人。"

"你去哪儿?"

"韦州。"

"包车去吧?"

"算了，不远，客车也多。"

每天六班吴忠发往下马关的客车经停惠安堡与韦州，十一年前可没有这般从容。原址新建前的惠安堡汽车站破旧混乱，只有一辆退休返聘的迟暮中巴运营下马关，不凑齐乘客，绝不发车。早班车起码要在十一点以后，平白浪费整个上午。

"不远? 也不算近，"黑车司机不愿放弃，"五十公里呢，包车也合适。"

我示意他候车室的线路里程表抬眼可见："韦州，二十七公里。"脱口而出的谎言不够缜密，当众揭穿谎言的不近人情，两种情绪让我们彼此都有些尴尬。

他点支纸烟，用方言向其他司机通报："韦州，不走。"于是大家像烟一样飘然而散，任我自生自灭。

堡城里的阜阳老汉牵辆手推车，装着上下两层玉米空心棒、几盒米花球，缓缓从车站前走过。一双布鞋明显过大，未免不太跟脚。

他踅进菜市场，冷冷清清，绕一圈又出来，推车摆在行人寥落的路边，开始他一天的生意。

房租、嚼裹儿、人用车耗，都要从那些轻若无物的玉米空心棒中而来，他必须专注于此，所以虽然不再有机器的嘈杂，但他并没有闲聊的意愿。

大约生活已经为他把所有人分作两类：顾客，其他。我只惦记着聊上两句，却忘了应当以顾客的身份。

十一年前，我是搭一辆银川开往彭阳的客车来的韦州镇。长途车不愿搭载短途乘客，汽车站售票员心知肚明，明确告诉我，只有等到再无远途乘客而车上又有空座，才能卖我的韦州镇。情有可原，那时惠安堡到三百三十公里外的彭阳县车资五十，而二十七公里的韦州镇票价不过六块钱。

不像今天吴忠发往下马关的班车，乘客几乎在惠安堡下空，上车的却仅三两个人，于是再短的短途也不会嫌弃。

荣辱与共，一车同行，片刻即见惠安堡外连片的盐池。虽然不再开采，但盐池仍然有盐，甚至每条流水，岸边都结满白色的盐，如同初冬的薄冰。

十一年，小碗蒸炖的羊肉从三十块钱涨到将近七十，惠安堡到韦州的车资却仅从六块钱涨到七块。

韦州建置沿革：汉北地郡地。唐灵武郡地。宋赵元

昊为韦州，属左厢，曰静塞军。谅祚改祥佑军。元仍名韦州。按旧志，城周回三里余，居蠡山之东二十余里。未审筑自何代，名亦未详。据宋张舜民诗"青铜峡里韦州路"，故相传以为韦州。地土高凉，人少疾病。洪武二十五年，庆王建宫室于此，居之凡九年，徙宁夏。以其宜于畜牧，故留群牧千户所官军，专以牧养为事。池阔二丈，深七尺。弘治十三年，都御使王珣奏筑东关，关门一，城门二。

据嘉靖《宁夏新志》所载，韦州故有旧城，始筑年代不详。洪武二十五年（1392），庆藩靖王朱栴建宫室于韦州，九年后徙居宁夏。弘治十三年（1500），都御史王珣（德润，1440～1508）奏筑东关。

东关城，韦州百姓亦称"新城"，以别于西侧旧城。

韦州旧城西城垣外，即是通往下马关的202省道。旧城原本四面开门，南门外筑瓮城，如今四门皆无。旧城东城垣，也即关城西城垣，亦几无存，因此旧新两城形似一城。新城东南两侧城垣保存最好，基宽十米，残高十米，且东南隅一片旷野，初来时视野之内绝无现代痕迹，一眼得见明清。

相比一路以来其他堡城，韦州旧城最难得处，在于存有古塔两座。而且历年久远，一为元塔，一为明塔。

韦州城 康济寺塔 2010

元塔，在旧城西北隅，马家院中。

覆钵式喇嘛塔，北距北城垣仅数步之遥。城垣作为马家的后院墙，掏出数眼窑洞，最大一眼用作车库，十一年前停着农用三轮，十一年后停着四轮货车。

塔基包砖脱落，夯土坍塌，连带塔身底部最下一层青砖脱落，塔身已是危如累卵。"如果不是我们，早塌了，"马家的小马告诉我，"县里最近可能要来修。"

小马是在古堡旧城内罕见的年轻人。今年粮价好，玉米他卖在一斤一块二上，这两天涨到一块六。

"那不是卖亏了？"

"也还好，存的时间长了更干更轻，我那时候卖水分还多些，差不多。"

肉价也好，韦州的羊肉三十大几。"要像这样，种地比打工强。"

小马说韦州城内大约一两百户人家，除了零星几家附近农村过来租房做生意的汉人，其余全是回民。

站在马家的院子，东南可见改造后的韦州清真大寺。

"这座寺，很有名，"小马说，"不过还没有开。"

韦州城内的回民，除了老人还戴白帽、包头巾，年轻人身上已绝少看见宗教符号。

在全是同族的地方，无须刻意强化"我群"特征以作与"他群"差异的标识，生活反而更加简单随意。

韦州城 元塔 2010

明塔，在旧城东南隅。八角十三层密檐空心康济寺砖塔，一般资料都将初建年代定为西夏塔，然而无论形制，还是实际重建年代，都与西夏无有瓜葛。

康济寺塔北侧，重立两方石碑。一方石质为本地红砂岩，早已剥泐漫漶至不可识读。一方青石《重修敕赐康济禅寺浮图碑记》，刻画尚清晰，可惜碑阳许多人为凿毁痕迹，缺字也多。

碑阳在南，下午阳光自西侧斜打，阴影填入字口，最宜读碑，于是得其大概。

> 我太祖高皇帝平定海内，混一区宇，分封靖祖以兹土为井牧之所。于时，中有浮图九级，未及完，历数代，始自福公鸠工聚财，爰加修葺，九级之上，更增四级，升顶缀铃，凡三载。及成，先大夫尝为之记。

靖祖，即嘉靖《宁夏新志》提及的庆藩靖王朱㮵（1378～1438）。

朱㮵，太祖十六子，洪武二十四年（1391）封庆王。二十六年（1393）本当就藩宁夏镇城（今宁夏银川），因新置宁夏卫，地近边陲，艰于供给，因此庆王暂驻韦州，就近采用延安、绥德、宁夏各地租赋。"居之凡九年，徙宁夏。"但是庆王喜韦州，而恶"宁夏卑湿，土碱水咸"，数次奏请仍居韦州，得以"岁一往来"，候鸟般往返韦州与宁夏，并最终葬于韦州罗山。谥"靖"，史称庆靖王。

庆靖王移驻韦州之时，城中有未完工的九级塔，后由"福公"修葺，由九级塔增建为十三级塔，三年完工。

> 嘉靖辛酉，无何地震山崩，水涌泉出，坏城廓，堕楼埤，覆庐舍，丧人民，而浮图倾颓若昔，前功用虚。

嘉靖辛酉（四十年，1561），韦州地震，砖塔倾颓如昔——亦由后文可知，新增四级完全坍塌，而之前九级却是无恙，因此"如昔"。

> 福公暨徒志琭勉欲奉行旧志，卒诎于财力，遂格不举。迄今二十余年，是为万历庚辰，我国祖典宝张公来任兹土，佐政之余，多所修葺。……
>
> 复增四级于九级之上，仍升顶于巅，缀铃于角，视之益峻峙蟠冈焉。工始于四月癸丑，讫于七月己巳，以日计则七十有七。

后款有"皇明庆藩太国主……典宝张春"，可知"张公"名作"张春"。万历庚辰（八年，1580），张春重建康济寺塔，复增为十三层，历时七十七日完工。

后代当亦有缮治，但主体仍为万历八年修葺，所以我称"明塔"。

康济寺塔所在的康济禅寺，毁于同治年间陕甘兵燹。

十一年前，康济寺塔周围有铁栏，塔北不远处一间瓦房，住着守塔的闫老汉。

我在铁栏外围塔拍照，闫老汉大概以为我是摄影记者，过来与我讲解，并主动打开铁栏门锁，让我走近观瞧。

镇里的一群孩子骑着摩托过来，绕着闫老汉起哄捣乱，极不尊重地取笑他痴傻。闫老汉高鼻深目，一双细眼，满面皱纹。回民，一顶白帽，帽缘下两鬓白发。一件白衬衫，罩件黑色棉夹袄。黑裤扎脚，黑布鞋。面对孩子的挑衅，闫老汉却也不以为忤，只是笑着斥骂几句，然后嘱咐他们不要乱写乱画，锁上铁门，邀我进他瓦房一坐。

瓦房门窗南开，正对砖塔。房内陈设简陋，一床一桌而已。床在窗下，几床棉被堆在床角，罩一方有些陈旧的布幔。床边倚墙一编织袋玉米。

老汉的婆姨那天也在，弓腰驼背，上身下身弯曲几成直角。一身黑衣，戴一顶同心地区常见用来代替头巾的浅蓝色布帽。挂着拐，从房外提一只铁盆到门前，铁皮桶里倒些清水，坐着矮凳洗衣裳。

闫老汉吞吞吐吐地说他守塔八载，洒扫庭除，每月酬劳

韦州城 闫尚仁老汉 2010

不过三百块，而且近来领导又有裁退之意。他以为我是记者，和领导"能说得上话"，希望我能代为美言几句。惭愧我人微言轻，坦白又怕他误会我是推辞，只好随口应承，并且顺其语意，给他留了些钱。

"这可以买些方便面。"他解释道。

去年萧关道上，临时起意自固原折来韦州，时在十月十五，下元日。

闫老汉的瓦房全无痕迹，旧址前立起了那两方石碑，拆除了铁栏，新植了树木。又是一群孩子过来，略为纠结地商量后，最小的孩子走过来问我："叔叔，有打火机吗?"矜持而礼貌。

给他们看闫老汉的照片，十一年前可能还未记事的他们七嘴八舌地信口说道："住在大寺边。""木门。""瘫痪在家。"

向大寺方向逐门逐户打听，皆称不知。热心的街坊招停骑着电动三轮路过的环卫老汉，他游走四方，见多识广。果不其然，白帽白髯的环卫老汉认得闫老汉，也知道他的下落："完了。两年多了。"

完了。

至于其他，环卫老汉也不清楚，只知道闫老汉还有一个弟弟住在附近，并且指示了大致方向，旧城西南河湾村。

出旧城西城垣，沿省道向南，路西一处丁字路口，遇着六十三岁的海老汉。他和婆姨带着小孙子刚从镇里坐车回来，站在路边，好奇地打量走近的异乡客。

向他打听，何其凑巧，他恰是闫老汉弟弟的老友。电话联系，说明来意，闫家同意登门拜访，热心的海老汉领路，七拐八绕，闫家几乎是在河湾村向西最深处。

"口唤了。"

自大寺到河湾处，总还有些气若游丝的希望，环卫老汉的说辞或许是错误的，是他认错了人或记岔了事，但是闫老汉弟弟这句回民对于死亡的讳称，让希望彻底断气。

五年前，闫老汉走的时候，八十三岁。他弓腰驼背的婆姨，也在三年前随他而去。

闫老汉在弟兄六人中行三，河湾村的弟弟是老六。老汉有五个孩子，一直就跟镇里的老五同住。

十一年前我走后，他大概又守了两年塔，真的也就裁撤了。细枝末节，年深日久，弟弟也不甚了了，只记得他守塔每月的报酬是一千五。

至于闫老汉的病，表征就是"眩晕"，年纪大了，也就没有再进医院，随他去了。

他的名字，闫尚仁。

现在的韦州镇，建于旧城迤北，镇政府距离北城垣，大约也就一里左右。

汽车站紧邻省道，附近的肉铺，当街屠宰牛肉，血污满地。街道仍似十一年前，密布禁毒标语。标语虽然无甚实用，却可反映一地当务之急的问题。

十一年前困扰韦州的问题，十一年后似乎依然严峻。

自延安起程以来，韦州相对是最为富裕的，闫家不仅新房汽车，甚至用上了许多城市家庭也没有的地暖。出入河湾村，深宅大院屡见不鲜，家家标配汽车，甚至有价值百万者。

海老汉也说有些家庭是完成了"原始积累"的，有些则是近年来在浙江义乌做生意，当翻译，挣来的家当。

韦州城回族群众擅于经商，精于计算，商贸活动历史悠久，在经济收入中占有很大比重。

一九九五年版《同心县志》的这段描述，同样适用于二十六年后的今日，而且比起来路许多只懂得种玉米、养山羊的纯粹农业劳动者，经济悬殊愈来愈大。

曾经是差不多的，吃食可见端倪。细碎的羊肉丁，加些青椒、豆腐、洋芋，不拘具体什么，总之有几样添头，加两勺羊汤，下切条的烙饼——糊饽、糊饽子——焖熟，即是韦州镇里最常见的炒糊饽。

现在一盘有十几粒羊肉丁的炒糊饽，韦州镇的价格十五。

有羊肉，有羊汤，都可谓精工细作，以前就是一份素糊馎，与洋芋面条本质相似。

韦州镇的手抓比盐池便宜，八十八块钱一斤，比盐池便宜，然而价目表上补丁摞补丁的形式却是高度雷同。

小马说："赚得多，花得也多，手抓谁也不能大大吃。"

清晨八点，省道边的肉铺，刚宰的黄牛剥皮吊上铁架，两人两把剔骨尖刀，止沿着脊缝解牛。

鲜血满地。地磅秤旁候着买肉的厨子，秤上架着大盆，卸下的大块牛肉扔进盆里，够了分量，大盆扔进三轮车斗，记账走人。

三腔山羊，一身脂油，素净地挂在门旁。羊肉四十二，牛肉三十九，一斤差着三块钱，莫怪店里的肉包子，全用牛肉。

仍在斋月，又是假期，街面冷清。

牛肉馅的包子，一屉十枚，价目表打的最新补丁写着十八。早起的食客，穿着附近基建工地的工作服，装袋两屉包子，打包一碗稀粥，小四十块钱出去。不过包子货真价实，纯牛肉切成小粒的馅儿，没有任何杂佐，倒也对得起价格。

肉铺正对韦州汽车站。劳动节长假最后一天，站里站外站满等待返校的学生。

"你们回哪里的学校呀？"

"同心。"

"在哪里买票？"

"你可能买不到票。"

九点客车入站，学生蜂拥而上。车站只有一名售票员，包着头巾的女人，拿着票夹上车售票。我才明白，"你可能买不到票"，实际是"你可能挤不上车"。

不过无妨，下马关与韦州不过二十公里路程，省道往返两地车辆极多。十一年前搭着一辆返城出租车，五块车资即到下马关，今天捎我的私家车，收我十块。

弘治年间，河套军情吃紧，大边一带，旌旗相望，刁斗相闻。

弘治十五年（1502），三边总制秦纮（世缨，1426～1505）奏筑固原至石涝池边墙，以为二道防线。至嘉靖十六年（1537），总成三百里，号称"新大边"，又因归属固原镇辖而称"固原内边"。

固原内边建筑质量亦劣，韦州与下马关之间，偶尔可见几座孤独墩台，相连的墙垣早已不知湮灭于何时何世。孑遗下马关镇的十几里固原内边无甚可观，下马关城却大有可观。十一年前在盐池未向西北随头道边径去灵武，而是西南下同心，也正是为下马关城而来。

县治，古之下马关也。前明万历五年筑，外砖内土。周五里七分，高厚均三丈五尺。代远年湮，西城悉没于溪。国朝光绪二年，观察使魏公饬其部将吴提督禧德等新筑西面土城一道，周四里五分，炮台八座，雉堞七百有二，南北橹楼备。经营三载，葳事于光绪五年夏。

下马关，始筑于明万历五年（1577），外砖内土。发源于小罗山南麓的甜水河，自南向北流经下马关城西，过韦州，注入苦水河，总长百里。韦州闫家六弟所住河湾村，"河湾"亦即甜水河湾。

而今一脉细流，河畔泛着盐霜的甜水河，旧时却有水患之害，以致冲毁下马关西城，西关没于河谷。光绪二年（1876），平凉道魏光焘（午庄，1837～1916）命提督吴禧德向东移筑西垣，下马关城周围缩至四里五分。

同治十三年（1874），平定陕甘战乱之后，左文襄公奏设平远县于下马关，故而所引建置载于光绪五年（1879）平远县署刻本《平远县志》。

曾为县治的下马关镇，主街即是穿镇而过的202省道，虽然不及韦州街面整饬有序，然而繁荣过之。

今天三月二十四，下马关逢一、四、七的集，下马关北关，省道两侧，商贩云集。路西的"下马关牛羊肉市场"门前最是热闹。整车待宰的绵羊，痴呆呆盯着倒悬于铁架的街坊尸身，却还有心情吃几茎草，反两口刍，场景真是谑而且虐。

买羊，或者整只，或者半扇，鲜有零割。

下马关城偷着散放绵羊的牧羊人告诉我当下羊价，十七八斤的羊羔，价格每斤在三十六七，大羊三十四五，价格便宜，因为"骨头大"。牛羊肉市场门的羊贩，刚剥出来的羊羔肉，一斤三十八。县城过来采购的男女，要卜半扇，九斤二两。女人还想按照绵羊肉价再买些山羊，"四十一，少一毛钱我都不卖，原价兑来的。"不论怎样还价，羊贩绝不松口。女人无可奈何，只好作罢，半扇绵羊，"三百五十块钱"，同样一分不能少。

"咦呀，你这人真是。"女人有些不高兴，要拿羊贩手机扫码，却没接住，手机脱手掉下。

"唉呀！我五千多的手机！"羊贩心疼得大叫，还好满地鲜血淋漓的羊皮，不至摔碎了他的五千多。

路东有下马关北关清真大寺，相邻几间饭馆，门外支起煤炉，炉上架口深锅，锅里浓油翻滚。尺长的鲢鱼，整条入油锅干炸，捞起后标本一般码在盘中。

大些一条二十，小些十八，食客来买，裹上油泼辣子——干辣椒粉就着炸锅热油现泼——"干吃"。"也能烩着吃。"老板所说的"烩"，大约类似红烧。

主要的生意，还是炒糊饽与羊肉。手抓一斤九十，蒸羊羔肉一碗五十五。

宁条梁始见的紫皮蒜瓣，一路卖到下马关。不论哪家饭店坐定，一碟腌韭菜或白菜，一头紫皮大蒜肯定是有的。

店里吃饭的爷俩，两盘炒糊饽，一盘青红椒丝凉拌的牛肉。炒糊饽上桌，长髯的老汉先拿起大蒜，一擞两半，一半自留，一半递给儿子。

儿子接过，掰下一牙，嗑断蒜柄，就着断茬剥开蒜皮，挤出蒜瓣，一口糊饽一口蒜。

继续嗑蒜，扒拉糊饽，极偶尔地点缀一筷子牛肉。爷俩吃完，剔牙打嗝，会账，七十。炒糊饽一盘十五，其实不过四十块钱的牛肉，本来无多，却剩下不少。

归根到底，没有糊饽没有面，没有陡然而升的血糖，西北人是吃不饱饭的。

其实又何止西北？

下马关镇新建的汽车站还未投入使用，暂借北关路东一片空场，站满两三百等待返校的学生。客车、黑车、私家车，轮番上阵，却依然滞留许多。

今天返校的，都是高一、高二的学生，已经上高三的小杨娜，只有两天假期，早早回到同心县城。又没见到。

十一年前，我在下马关城南门遇见了漂亮的小杨娜和她的两个小伙伴。小杨娜那年才八岁，全不怕生，快乐地围着我转，为我领路，陪我钻进钥城，爬上城垣，笑着面对我的镜头。

下马关南门钥城 杨娜 2010

小杨娜是杨清禄老汉未曾得见的孙女。

杨老汉生于民国十九年（1930），一九五〇年，二十一岁的他退伍复员，分配到了下马关粮库做保管员。东向开门的下马关南门瓮城，一九九五年版《同心县志》称之为"城南门筑有二十丈见方的小钥城"，就是下马关粮库最初所在。

两年后，一九五二年，下马关粮库在城内西南隅新建粮仓，搬出了瓮城。同年，他也把留在同心下流水老家的婆姨接到了下马关。总要有地方住，于是跟粮库主任申请，就在瓮城东门南侧墙垣上开了窑洞，围起院子，安顿下来。

后来生了八个孩子，两女六男，小杨娜就是幺儿的二女儿。

七十年代，环城而居的百姓，开始取砖建房。周围四里五分的下马关城外包砖，几乎拆除殆尽。甚而自家院内三丈五尺高的城砖用不完，揭除转售别家。唯有杨家院子围起的瓮城东城垣，以及必经瓮城东门才得进入的瓮城内部的城砖得以完整保留。

当然，杨老汉留存城砖的初衷朴素，一是为了院子的美观，二是为了居住安全。

"如果砖拆了就难看，也不安全，塌了会伤人。"

城南门筑有二十丈见方的小钥城。南门楼顶悬刻"重门设险"。东城门外顶端石刻"橐钥全秦"四字。北城门面西，门顶上镶嵌"固镇第一关"石刻巨匾。初名长城关，因三边总制每秋防必先下马于此，故又名下马关。

一九九五年版《同心县志》成稿应当极早，北门"固镇第一关"久已湮灭，杨家院里的"橐钥全秦"，两石拼接，"全秦"一石据说也在五十年代成为农业合作社打土块的底座。

瓮城内部，南门南额的"重门设险"，保存完好。上款"万历十年二月吉旦"，下款"固原兵备右参将解学礼立"。瓮城东门，"橐钥"一石上款"万历九年二月吉旦"，皆是《平远县志》未曾记载的包砖年份。

自绥德以来，堡城能有完整瓮城已属不易，包砖更是难见，完整包砖瓮城且存题额，下马关城仅见。而这仅见，全在杨老汉的一念之间。

幸是不幸？

放弃就地取材，不用城垣包砖，意味着需要另花费用购砖建房。而今也成老杨的杨老汉么儿开玩笑地说："要是拆了砖，我们弟兄六个建房都够了。"

十一年前初来下马关，杨老汉已走十一载，得年仅六十有九。

"像是食道癌。"老杨说，但也没能确诊，那时候条件也差。如同韦州的闫老汉，杨老汉也与幼子同住，同心一带回民家庭大抵如此。

下马关南门钥城 左云 2010

幼子长孙，从来多得宠爱。

下马关城之内，据光绪《平远县志》记载，同治元年以前，"时民皆汉人"，其后直至今日，皆为回民，几十户居于城中东偏，一两百户环绕城垣而居。

省道在下马关城迤东，北关是下马关镇繁华所在，环城而居的百姓，多在东、北两关。南城垣外，几家养殖大户，高墙深院，牛棚羊圈。曾经水毁的西关，依然无有民居，沟壑纵横，断瓦残砖遍地。

北门久已不通，进出下马关城走东、南两门。东门拓宽，铺路连通省道。南门瓮城迤东，杨家院外，凿开城垣，一条窄径出入。老院落锁，久不住人，窄径向北，入城渐宽，西侧下马关粮库仍在，东侧第一家便是杨家的新居。上房坐北朝南的一进院落，二〇一四年建成，后来又在南边加盖了几间倒座房。

"边打工边收拾，一下也没那么资金，所以分阶段在收拾的。"老杨在距下马关以北四十公里、盐池、同心、红寺堡三县、区交界的吴忠太阳山开发区工作，平时住在单位，轮休才回下马关。

去年来时，屋里只有他的婆姨。她看着十一年前我拍的照片，告诉我小杨娜在同心县城读高中，两个小伙伴，个子高高的左云去了银川读高职，个子矮矮的阿西艳则在青铜峡上职中。

都不在家。

见不到艾老太太，见不到刘大娘，见不到闫老汉，既伤心又无可奈何，因为永不得再见；见不到她们，些许的失落转瞬烟消，总是能见到吧？

纵然不见，我也知道她们很好，她们在不远的地方读书，再过两年就该升学、工作，就该恋爱了吧？幸福得像是我初来时，城垣上那些摇曳的雏菊，暖阳，和风，无垠的四野。

那天回固原的路上，老杨给我发来了小杨娜的近照。

还是那么漂亮，还是那么爱笑。

尾
声

清晨，下马关的街边也在解牛。

唯有解牛，无有早餐。

"斋月期间，暂停营业"，白纸黑字，一目了然。炸鱼炖肉，几家营业的饭馆，又只做午晚。偌大的北关，不见烟火，锁老汉招呼逡巡的我："去哪里？"

"同心。"

"就在这里坐车，"他指指手里老款的电话，"联系过了，再等几分钟，九点就上来。"

锁老汉一身藏青色棉布中山装，一顶白帽，一绺白髯，一脸笑容。

"你一个人？"

"您今年高寿？"

"你没带媳妇？"

"您今年有六十……"

278

他摘下白手套，举手比划出"八"，再缓缓立起食指，"八十一啦。"省道旁嘈杂，他听得真，答得快，我赞他耳聪目明。锁老汉含笑首肯："没打过针，没吃过药。"

"您身体真好。"

"你有几个孩子？"

"我没有媳妇。"

"那你有几个孩子？"

"我没有孩子。"

他有八个孩子，营生都在下马关镇上。老三跑车，下马关至同心的线路，上午九点去，下午四点回。老汉心疼儿子，提前在路口帮着揽揽乘客，比如我，免得让过路客车带走生意。汽车站的售票员跟车出站，北关以前搭车买票，站里十块提一块。北关过后售票员下车回站，老汉坐在前排，帮着儿子收钱卖票。

依然笑容可掬，哪怕乘客蛮不讲理。出下马关镇之前，客车会在附近各村兜转，送货接客。戴头巾的胖女人要去新园村，老汉要收五块，女人勃然不悦："我来的时候只要四块！"老汉赔笑，说从来都是五块，女人不依，只给四块，并且喋喋不休抱怨。老汉无可奈何，只好收下四块，苦笑坐倒。

年轻的时候，锁老汉在同心篮球队打过十年篮球，"去过很多地方"。

"每天五公里跑。"退役回到下马关，分配护林员的工作，漫山遍野地巡查，莫怪年过耄耋，还能帮着儿子跑车。而且上车之前，他以手指口，"封着斋呢。"

四十多岁的锁三倒是不讲究，也不能封斋，"跑着车呢。"

下马关至同心，一路沟壑山梁，大郎顶、燕麦梁、窑山、李家山，崎岖起伏，九十公里路程，耗时将近两个小时，车停同心县城东郊。

"怎么不进站？我要坐固原车呢。"

车上的女乘客抱怨，锁三怨气更大："我还要吃饭呢！"

"怎么去车站？"女人怯生生问。

"坐个出租，五块钱！"

同治十三年（1874），左文襄公奏设平远县于下马关，分设巡检于同心城。民国三年（1914），平远易名镇戎县。十七年（1928），再改豫旺县。十八年（1929），析甘肃省宁夏道为宁夏省，豫旺县属之。二十七年（1938），预旺县府由下马关迁至同心城，自此定名同心县。

同心晚近置县，因此县城自然无有明时边墙营堡。

十一年前，本自陕北一路逐边墙营堡而行，途次下马关，忽而翻山而来边堡皆无的同心，事出有因。

行至下马关，恰是八月半。纵然祁连惯度，依然愁见轮台夜月。于是临时起意，不逐边堡西去，南下同心投宿。

同心回民比例绝高，本地回民皆称同心为"纯回民县"。回民不过中秋，投宿同心，仿佛不见明月，即不知中秋。

仍去网吧记行，出来已近午夜。同心县城，阒寂无人，步向南关，一天薄云烟散，树隙之上，云隙之间，依然一轮明月。

共祁连轮台，共逆旅故乡。

那夜，独自在家的奶奶也是八十一岁，也是她的生日。

八月十五是她的生日。

去年下半年，奶奶的病情急转直下，意识逐渐迷离，每日昏睡，不再认得她的孩子，甚至没有气力叫痛。

忽然惊醒的时候，她只会一遍又一遍呼喊："我娘娘，我娘娘。"

唯有那个食不果腹的久远年代仍在她的记忆里，因为那里有她的妈妈。

无论怎样努力，我前半生最为畏惧的事情依然发生了。

正月十三，午后，奶奶走了。

最后看了一眼她不再认得的我，没有说一句话。

……

五七之后，我背包远行，在西安搭上晚点的 K322 次列车。

自榆林一路而来，白天一刻不停游荡，晚上一刻不歇写作，然后睡上四五个小时，疲惫不堪。

疲惫不堪，好不再想她。

却是徒劳。

却是枉然。

固原终于晴朗，不再有风雨，不再有沙尘。

十一年前旅途结束于此，十一年后旅途亦将结束于此。

十一年间，米脂旧城、波罗池梁、康济寺塔，依然物是，还有我在遥远南方的家；十一年前，艾老太太、刘大娘、闫老汉，已然人非，还有我的奶奶。

十一年前住过的六盘山宾馆仍在中心十字，道路依然喧嚣，城垣依然隐现，和平门下，依然人喧马啸。

和平门内和平街，路西拆迁，南口一栋两层红砖建筑，人去楼空。

白灰的墙面，斑驳的树影，红漆的涂鸦：

"I time time miss U."

一张自嘲的笑脸，然后自己翻译：

"我时时想你。"

不知是谁，因为什么，他又在转角门旁写道：

"打起精神。"

"继续生活。"

好吗？

好吧。

奶奶